KB059075

어떻게든 나를
독차지하고 싶어 하는
6명의
SIX MAIN HEROINES
WHO ABSOLUTELY WANT
TO MONOPOLIZE ME
메인 히로인

season 1.
그럼, 누구부터 차볼까?

TOMOHA ISHIDA
이시다 토모하 일러스트 히즈키 히구레

시부야 유우

"나는 누구도 경험해 보지 못한 인생을 살고 싶어!"

고2. 대박을 터뜨리는 걸 좋아하는 유명 유튜버.

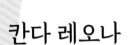

칸다 레오나

"나는 네가 바라는 인간으로서 평생을 살아갈 자신이 있어."

고3. 온갖 연기를 경험해 온 일본 제일의 여배우.

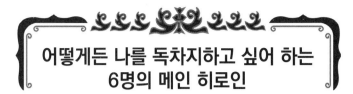

어떻게든 나를 독차지하고 싶어 하는
6명의 메인 히로인

1

이시다 토모하 지음 / 히즈키 히구레 일러스트 / 이소정 옮김

소미미디어

컬러, 본문 일러스트 | **히즈키 하구레**

CONTENTS

프롤로그
전야, 소꿉친구, 카레라이스

"짐은 적은 편이 좋아. 물건도 인간관계도 말이지."

결국 딱 그뿐인 이야기다.

물론 동화에 등장하는 떠돌이 캐릭터처럼 초록색 옷과 뾰족모자, 배낭 하나와 하모니카만으로 유유자적하게 살아가기란 현대 사회에서는 어려울지도 모른다.

하지만 반대로 모든 물건을 데이터화할 수 있는 현대 사회에서는 원룸 아파트에 필요 최소한의 가구, Wi-Fi와 스마트폰만 있으면 대부분은 가능하다.

당연히 홀가분할수록 움직임도 가벼워진다. 이동이나 이사할 때도 귀찮지 않고 청소도 쉽게 할 수 있고 무엇보다 마음도 편하다.

인간관계도 비슷하다.

많은 사람과 유대감을 가지면 그만큼 손발에 달리는 족쇄도 늘어나고 무거워진다.

소중한 사람에게 미움받을지도 모른다는 두려움은 위축을 낳고, 누군가에 대한 호의는 편애와 불공평을 낳는다.

그 모든 것이 인간관계가 사람의 올바른 판단을 무뎌지게 하는 현상이다.

애초에 그렇게 맺은 인간관계가 자신에게 유익하게 작용할 거라는 확증도 없다. 오히려 그렇게 되지 않을 가능성이 높다고까지 말할 수 있다.

타인은 자기 뜻대로 움직이지 않는 법이고, 각자 자기 행복을 위해 살고 있다면 그 목적이 상충하는 경우도 있을 것이다.

그런데 '이 사람이라면 자신을 행복하게 해줄지도 모른다'라며 자기도 모르게 기대하는 바람에 혼자 멋대로 배신당한 기분이 들고, 상처받고, 시간과 마음을 소비하게 된다.

아무리 시간이 지나도 사람은 자신을 위해 살아갈 수밖에 없고, 자신을 행복하게 할 수 있는 것도 자신뿐인데.

『빨리 가고 싶으면 혼자 가라, 멀리 가고 싶으면 다 함께 가라.』

그런 말도 있지만, 나는 가능한 한 빨리 그 장소에 가고 싶다. 거기가 멀지 어떨지는 가봐야 알겠지만 적어도 빨리 갈 필요는 있었다.

그렇기에 나는 필요 최소한의 인간 외에는 엮이고 싶지 않았다.

"그 정도의 이야기야."

신조대로 원룸의 저렴한 아파트.

접이식 밥상을 사이에 둔 맞은편에서 카레를 먹고 있는 소꿉친구에게 나는 몇 번째인지 모를 그런 이야기를 했다.

"하아. 몇 번을 들어도 그 인맥 미니멀리스트 발언에는 못 당하겠다니까."

그녀는 감탄도 어이없음도 아닌 한숨을 내쉬었다.

"나는 말이야, 신이치가 그런 소릴 하니까 학교에서 '원인 불명의 외톨이 고학생'이라는 말을 듣는 거라고 생각해."

"뭐? 나한테 그런 별명이 있다고? 전혀 몰랐는데."

"응, 뒤에서 말이지. 집안은 확실히 부자인데도 가난하게 살고 있고, 성적이 우수한데도 고독하니까."

"그럴 리가……. 아니, 그보다 네가 어떻게 학교 뒤에서 불리는 내 별명을 알고 있는 건데?"

"그 정도는 당연히 알고 있어야 하는 상식 아냐?"

"당연한 것도 아니고 사키호는 비상식적이야……."

우리 학교는 중·고등학교가 이어진 사립 '남고'이고, 눈앞의 소꿉친구는 가냘픈 몸매에 비해 나올 곳은 나와 있는 심신 훌륭한 여자아이다.

당연히 같은 학교에 다니고 있지 않기 때문에, 나도 모르는 험담을 그녀가 알 리가 없다.

"나는 알고 있지. 공부만 하는 것도, 가난하게 사는 것도 다 신이치가 그 꿈을 이루기 위해서라는 거. 그걸 위해서 학비를 면제받는 특대생을 계속 유지해야 하는 거잖아? 외톨이인 건 다들 멋대로 신이치를 무서워해서 그런 거고."

"하아…… 사키호는 뭐든 다 알고 있네."

"다 알진 못하는데? 신이치에 관한 것만."

"아, 그래……."

뭐야, 무슨 명대사처럼…….

"자, 그런 인맥 미니멀리스트인 히라카와 신이치 군에게 문제입니다. 이 사랑스럽고 포근한 미소녀 시나가와 사키호에게 매일 밥을 짓게 하는 사람은 어디의 누구일까요?"

히죽히죽 장난스러운 미소를 지으며 얼굴을 가까이 들이댄다. 미소녀야 그렇다 쳐도 사랑스럽고 포근하진 않잖아. 아니, 그보다.

"그러니까 그걸 안 해도 된다는 이야기를 지금 하는 거 아냐. 부탁도 안 했는데 사키호가 멋대로 만들어오는 거잖아. 이제 집도 같은 동네도 아니고, 밥도 내가 직접 만들 수 있어."

"말은 그렇게 하면서 매일 먹는 주제에~."

"이미 만들어서 가져온 시점에서 거부한들 의미가 없고, 버리기는 아까우니까 어쩔 수 없이 먹는 것뿐이야."

"어쩔 수 없이?! 하여간~ 뭘 모른다니까. 나 같은 귀여운 애가 남자 혼자 사는 집에 직접 만든 요리를 들고 와서 아내 노릇을 해주는 게 얼마나 부러운 일인데! 우리 반 남자애들한테 이야기하면 다들 기절할걸~?"

"사정을 모르는 애들이 보면 그럴지도 모르지만……."

확실히 사키호가 만든 밥은 맛있다. 객관적으로 봤을 때 미소녀인 것도 인정한다. 꼬장꼬장한 아저씨 같은 소리를 하는 나에게 지지 않고 마주 대해 오는 것도 그녀뿐이다. 그 점은 다소 감사하고 있다. 하지만……

"왜~? 불만스러운 표정이네."

이 누나한테 말해봐, 라는 얼굴로 웃고 있기에, 이것도 몇 번째인지 모르겠지만 잔인한 사실을 들이밀었다.

──주로 나에게 잔인한.

"그야 사키호, 너 내 스토커잖아."

"맞아. 그게 왜?"

"어떻게 해야 그런 뻔뻔한 대답이 나올 수 있지?"

그래. 그녀는 내 스토커다.

'적당한 거리감을 가진 절친 소꿉친구' 같은 얼굴로 위장하고 있지만, 행동은 상당히 집착적이고 무섭다.

초등학교 6학년 겨울인가, 사키호의 방으로 끌려갔을 때 보았던 벽 한 면에 온통 붙어 있던 내 사진. 그것을 생각하면 아직도 온몸에 오한이 느껴진다. 트라우마다.

게다가 내가 모르는 사이에 내가 혼자 사는 집의 스페어 키까지 만들었다.

아직 금전적인 것은 아무것도 가져가지 않았지만, 대신 정기적으로 '칫솔, 한 달 썼으니까 새 걸로 바꿔났어'라는 소리를 듣고 있다. 무서운 건, 우리 집 그 어떤 쓰레기통에도 칫솔이 버려져 있지 않았다는 점이다.

그런 일들이 쌓여 오늘도 변함없이 그녀에게 '여기에는 더 이상 오지 말아달라'고 부탁하던 참이었다. 실제로 봐라, 이런 거슬리는 작업이 발생하니까 인간관계는 되도록 적은 편이 낫다는 것이다.

"하지만 신이치는 언제나 '필요 최소한'이라고 말하잖아? 그 말은 즉 한 명도 필요 없는 건 아니라는 거지? 동료든 연인이든 인간관계든 뭐든."

"뭐, 그건 그렇지."

현실적으로 봤을 때, 온전히 혼자만의 힘으로 살아갈 수는 없다고 생각한다.

내가 못 하는 일은 셀 수 없이 많다. 오히려 할 수 있는 일이 아주 적다고 말하는 편이 정확할 것이다.

그러므로 살아가기 위해, 목표를 달성하기 위해서는 사람들과의 협력이 필수이다.

"어디까지나 이해가 일치한 상대방과 이해가 일치하는 동안 같은 목적을 위해 협력한다는 뜻이지만. 인간관계라기보다는 계약관계지."

"또 그런다. 이해의 일치라는 거지?"

이 이야기도 사키호에게는 몇 번이나 하고 있었다. 그녀는 어이없다는 얼굴로 어깨를 으쓱했다.

"이해가 일치하면 서로가 서로에게 이익이 되도록 움직일 수 있잖아? 그런 관계 정도는 나도 필요하다고 생각해."

생각의 형태는 물론 남의 것을 가져다 쓰는 것뿐이지만, 충분히 납득하고 신조로 삼고 있다. 나는 딱히 사람을 싫어하는 것은 아니다.

"흠…… 그럼 말이야. 결혼은 어때?"

"결혼? 뭐야, 갑자기?"

"음. 결혼도 일종의 계약관계잖아? 그건 필요 최소한에 들어가는 건가 해서."

"글쎄……."

나는 잠시 생각했다. 그리고 꿈에서 언제나 듣고 있는 말이 떠올랐다.

"……아니, 제일 큰 짐이 될 것 같은데, 부부관계는."

"너무해! 장래의 아내를 눈앞에 두고 그런 말을 하다니!"

사키호는 우웅, 하며 아랫입술을 들어 올렸다.

"그런 약속은 안 했어. 그보다 애초에 그런 고민을 할 나이도 아니잖아. 결혼할 나이도 아직 안됐는데."

"그렇지 않아. 내일이면 신이치도 17살인걸?"

"그게 뭐 어떻다고. 결혼할 수 있는 나이가 되려면 아직 1년이나 남았잖아……. 그보다 내일 생일이라는 거 잘도 기억하고 있었네."

"그러니까~, 그 정도는 당연히 알고 있어야 하는 상식이라니까."

"아니…… 뭐, 그래. 그 정도는 알아도 이상하지 않지."

생일이라는, 보통은 남이 알고 있으면 기쁘게 느껴질 일조차 사키호에게 알려지면 왠지 무섭다.

그보다, 올해는 미리 못을 박아 놔야지.

"말해두겠지만 선물은 필요 없어. 물건도, 마음도, 아무것도."

"에엥? 정말?"

"정말."

작년 생일에는 학교에서 돌아오니 온 집안에 붉은 장미꽃이 깔려 있고, 그 중심에 새하얀 속옷 차림의 사키호가 눈을 감고 누워 있었다. 여러모로 상식을 초월한 장면에 과호흡이 올 뻔했다.

사키호가 입고 왔던 옷은 결국 찾지 못해 일단 내 티셔츠와 스웨트 팬츠를 입혀 집에서 쫓아냈다. 그 뒤에도 정리하느라 고생했고, 가시가 박힐까 봐 두려웠던 탓에 축하받는 느낌은 전혀 없었다. 축하라기보단 오히려 저주받는 느낌이었다. 축하(祝)와 저주(呪)는 한자가 비슷하긴 하지만…….

다음 날 아무 일도 없었던 것처럼 저녁을 먹으러 온 사키호에게 그 일에 대해 따지자, "우후후, 그럼 정리하는 내내 신이치는 날 생각해 줬다는 거네?"라고 웃어오기에 "무적의 여자다……"라며 백기를 들었었다. 그보다 티셔츠와 스웨트 팬츠가 돌아오지 않았으니 굳이 따지자면 수지적으로 마이너스 아닌가?

"어쨌든 올해는 정말 아무것도 필요 없어."

"네네, 플래그 세우느라 수고가 많아~."

"플래그 세운 적 없어⋯⋯."

푹, 하고 어깨를 떨궜다.

"농담이야, 농담. 나 올해는 진짜로 여기 못 와, 내일."

"호오, 그래?"

"아, 아쉬운 표정 한다~."

"안 했어. 전혀 안 했어."

그보다 내 볼 찌르지 마.

"⋯⋯뭐, 그보다 더 굉장한 서프라이즈가 있어. 내가 주는 건 아니지만, 신이치한테 아주 큰 서프라이즈 선물."

"큰 선물⋯⋯? 아까 큰 짐은 싫다고 말한 직후인데⋯⋯."

"나한테 말해봐야 소용없어. 나는 오히려 반대했다니까? 하지만 보내는 사람이 사람이니까⋯⋯."

"야, 무슨 말이야?"

"아⋯⋯ 아니다, 선물이라기보단."

사키호는 나의 추궁을 무시하고는.

"선물 후보, 려나?"

알 수 없는 메마른 미소를 지어 보였다.

제1장
연애 유학 초대장

"신이치. '진실한 사랑'이란 '이해가 일치하는 사이'를 말하는 거란다."

그녀는 병원 침대 위에서 이쪽을 보며 그렇게 말했다.

"얼굴이 마음에 든다거나 성격이 잘 맞는다거나 하는 건 언제 깨질지 모르는 유대감이자 언제 대체될지 모르는 감정이야. 외모나 성격 같은 건 내일이면 달라져 있을지도 모르고. 본인의 취향도 미래에도 쭉 똑같다고는 할 수 없잖니? 그건 '애정'일 수는 있겠지만 '사랑'은 아니야. 애정이라는 마법이 어느 날 갑자기 풀려 버리는 일은 흔히 있으니까."

초등학생 상대로 하는 이야기치고는 좀 난해하지 않은가?

"하지만 이해가 일치하는 상대와는 견고한 유대감으로 맺어져 있어. 이해가 일치한다는 건 상대방을 이롭게 하는 것이 나를 이롭게 하고, 상대방을 해치는 것이 날 해치는 것이라는 뜻이니까. 누구라도 자신을 이롭게 하는 건 자진해서 하고, 자신을 해치는 일은 되도록 피하는 법이잖니?"

"……응."

그런데도 그 내용을 대체로 이해하는 듯한 똑 부러진 목소리가 대답을 돌려준다.

"그러니까 신이치는 그런 사람과…… 진실한 사랑을 맺을 수 있는 상대와 결혼했으면 좋겠어. 그럼 분명 넌 행복해질 거야. 그게 엄마의 소원이란다."

"하지만…… 그럼 엄마는 나도 아빠도 사랑하지 않아?"

그 질문에 그녀는 난처한 듯 눈살을 찌푸렸다.

"왜 그렇게 생각하니?"

"우리는 엄마한테 아무것도 해줄 수 없잖아. 그 병도 고쳐 줄 수 없어."

그렇게 말하며 마음 약한 아이는 울음을 터뜨리고 만다.

흐릿한 시야 속에서 안아오는 감촉이 전해진다.

그리고 그녀는 울먹이는 목소리로 웃으며 이렇게 말하는 것이다.

"무슨 소리야. 당연히 일치하는걸? 왜냐하면——."

"……헉."

눈꺼풀을 뜨자 낯익은 천장 얼룩이 오늘도 나를 맞아주었다.

"또 그 꿈인가……."

원룸의 방 한구석, 이불 위에서 일어나 입고 있던 티셔츠 자락으로 땀을 닦았다.

나는 자주 이때의 일을 꿈에서 본다.

그것은 10년 전, 내가 7살 때——어머니 히라카와 카에데가 타계하기 아주 조금 전의 일이다.

나는 분명히 그 말의 끝을 들었을 텐데, 너무 울어서 그런지 전혀 기억이 나질 않는다.

그런데도 그 대답을 알고 싶다는 잠재의식이 '어떻게든 기억해 내라'며 나에게 이 꿈을 계속 보여주고 있는 걸까.

찬물로 세수를 하고 아침 식사로 빵을 입에 물었다.

아르바이트하는 빵집에서 샌드위치를 만들기 위해 잘라내고 남은 것을 받아 온 것이다. 직원이라고 해도 이렇게 맛있는 것을 무료로 받을 수 있다니, 이 나라는 풍요롭다는 것을 다시금 깨닫는다.

평소에는 이 뒤에 떨이 볶음(유통기한이 빠듯하거나 못난이라 마트에서 싸게 파는 떨이 채소를 소금, 후추와 간장에 볶은 것)을 만들어 도시락통에 담아 가는데, 오늘은 점심시간이 없으니 그럴 필요가 없었다.

교복으로 갈아입고 집을 나섰다.

오늘은 1학기 종업식. 밖은 아침부터 굉장한 열기였다.

도쿄도 무사시노시에 있는 사립 남고 반치 고등학교.

등교하여 교실 문을 통과하자 내 자리에 앉은 반 친구가 내 뒷자리에 엎드려 있는 남자의 어깨를 위로하듯 토닥이고 있었다.

"야, 그만 울어. 남자가 꼴사납게."

"시끄러. 좋아하는 아이돌의 졸업을 슬퍼하는 마음에 남자 여자가 무슨 상관이야……. 아아, 리이짱…… 어째서 갑자기 졸업해 버린 거야……!"

"메구로 리아의 은퇴라. 불상사 같은 건 없었잖아? 인기 절정이라 한창 잘 나갈 텐데 은퇴라니 신기하긴 하네. 그래서 더 전설이 돼 버린 것 같지만."

아무래도 내 뒷자리의 남자가 좋아하던 아이돌의 은퇴가 결정되어 울고 있는 것 같았다.

내가 자리까지 가면 찬물을 끼얹고 말겠지. 그렇다고는 해도 달리 앉을 곳도 없고……. 어쩌나 하고 고민하면서도 천천히 자리로 다가갔다.

"어제는 여배우 칸다 레오나가 유학으로 활동을 중단한다는 말도 있었고, 충격적인 뉴스가 계속되네. 나 칸다 레오나는 아역 배우 때부터 좋아했었는데."

내 자리에 앉아 있던 남자가 그런 말을 하면서 핸드폰을 만지작거리고는, "헉, 거짓말!"하고 눈을 부릅떴다.

"야, 이거 봐."

"뭐야……?"

"유튜버 시부야 유우도 활동 중단이래!"

"진짜냐고…… 일본 연예계 대체 어떻게 된 거야……!"

여러 연예인의 은퇴나 활동 중단이 줄줄이 발표되는 것

같지만, 그보다 나에게 문제는 지금 내가 내 자리 앞에 앉아버렸다는 것이다.

나는 목을 작게 울렸다. 되도록 겁을 주지 않도록, 최대한 부드러운 목소리를 내기 위해 의식했다.

"안녕, 거기는 내……."

""시, 시시 실례했습니다, 히라카와 씨!!""

반 친구 두 사람은 한목소리를 내며 얼굴을 파랗게 물들였다.

"아, 아니……."

……필요 최소한의 친구밖에 필요 없긴 하지만, 딱히 미움을 받고 싶은 건 아닌데.

나는 다시금 아버지를 떠올리면서 동시에 내 꿈을 한 번 더 일깨웠다.

종업식을 마치고 올 10인 성적표를 받아들고 집으로 갔다.

이로써 다음 학기에도 학비 완전 면제를 받아냈다. 방심할 수는 없지만, 아주 조금 어깨의 짐이 내려간 기분이 들었다.

돌아가면 떡이 볶음을 만들어서 원기를 보충해야지.

"……그래서 '원인 불명의 외톨이 고학생'인 건가."

문득 어제 사키호가 했던 말이 떠올라 나는 살짝 한숨을 내쉬었다.

내가 공부에 열중하는 가난한 생활을 하는 데는 이유가 있다.

한마디로 말하자면, 나는 아버지의 힘을 빌리지 않고 아버지가 운영하는 회사인 히라카와 그룹을 인수할 생각이었다.

아버지 히라카와 신노스케와의 불화(그쪽은 그렇게 생각하지도 않겠지만)는 태어나서부터 쭉 그런 것은 아니었다. 오히려 옛날에는 아버지를 진심으로 존경했다.

일로 바쁘게 뛰어다니던 아버지는 거의 만날 기회가 없었지만, 그 대신 나는 그룹 직원들에게 귀여움을 받았다. 그들은 입을 모아 말했다.

"신이치 군의 아버지는 정말 훌륭한 분이란다. 후계가 그 사람이 아니었다면 히라카와 그룹은 이렇게 성장하지 못했을 거야."

아버지가 칭찬받는 것이, 사랑받는 것이 어린아이 마음에도 자랑스러웠다.

그런 아버지가 돌변한 것은 어머니가 돌아가셨을 때였다고 생각한다.

그 시기부터 그는 공포 정치로 사내외를 지배하게 되었다.

'성수기에 유급 휴가를 신청한 사원에게 분노하여 지방으로 좌천시켰다' '출장 중 자신에게 말대꾸한 관리직을 당장 해고하겠다고 협박했다' '무슨 일이 있어도 자신을 거스르지 않겠다는 서약서에 서명한 인간만 모인 부서를 만들어 특별 대우를 하고 있다' ……등등, 그의 공포 정치를 말해 주는 에피소드는 일일이 열거할 수조차 없었다.

최근에는 어둠의 세계와도 연결돼 있다는 소문까지 있다. 주간지에서는 매주 그의 동향을 다루었고, 그의 악평은 일본 국민 전체로 퍼져나갔다.

그리고 그 직격탄을 맞은 사람이 아들인 나다.

아들에게 거역하면 그 아버지가 무슨 짓을 할지 모른다. 그런 이유로 두려워하고 기피당하는 인생이었다.

중2 겨울. 국제 전화로 딱 1분간 아버지와 이야기할 기회를 얻었다.

그때 나는 단도직입적으로 말한 것이다.

"아버지. 저는 이 집을 나가겠습니다."

동시에 나는 결의했다.

아버지가 공포 정치로 벌어들인 돈에 신세 지지 않고 히라카와 그룹 사장이 되겠다.

그리고 한시라도 빨리 과거의 히라카와 그룹을 되찾을 것이라고.

야망의 가장 첫 번째 장애물은 아버지의 부양에서 벗어나는 것이었다.

그러려면 월수입 11만 엔 이상을 스스로 벌어야 했다.

부모의 보살핌을 받지 않는다는 논리대로라면 학비도 스스로 내야 한다. 이것을 학비 완전 면제 특대생으로 충당한 것이다.

낮에는 되도록 학교에서 최대한 공부를 하고 밤에는 아르바이트에 매진한다. 당연히 친구들과 놀 시간도 없고 돈도 없으니 필연적으로 외톨이 고학생이라는 타이틀이 완성된다.

나는 내 삶이 부끄럽다고 생각하지도 않고, 친구가 없다는 것에 불만을 느끼지도 않는다. 그렇다고 친구나 연인과 함께 여름방학을 구가하는 청춘의 모습을 부정할 생각도 없다. 행복은 사람마다 다르다.

그러려면 우선은 여름방학 숙제를 먼저 끝내둬야겠지. 그런 생각을 하면서 집 문 열쇠 구멍에 열쇠를 꽂고 돌린 그 순간, 등골이 오싹해졌다.

……열쇠가 돌아가는 감촉이 나지 않는다.

『나 올해는 진짜로 여기 못 와, 내일..』

그 녀석, 거짓말했잖아……!

"야, 사키호……!"

힘차게 문을 열자,

"어서 오십시오, 신이치 님."

무려 그곳에는 사키호가 아니라 전혀 다른 미인이 무릎을 꿇고 앉아 있었다.

"……네?"

나의 뒤집힌 목소리가 좁은 집안에 울려 퍼졌다.

"갑자기 집에 들이닥쳐 죄송합니다. 저는 오늘부터 1년간 신이치 님의 연애 유학 지원을 해드리기 위해 왔습니다. 생전 히라카와 카에데 님의 비서를 맡고 있었던 주조 쿠미라고 합니다."

바지 정장을 입은 미인(20대 초반쯤으로 보인다)은 내 무기질적인 집 한가운데서 양손을 가지런히 모은 채 고개를 숙여 보였다.

"주조 쿠미 씨……? 연애 유학……?"

"우선 이쪽을 봐주세요."

의미가 너무 불명확한 나머지 들은 단어를 고스란히 따라 말하는 나에게, 주조 씨인지 뭔지 하는 사람이 봉투를 내밀었다.

"이게 뭐죠……?"

"히라카와 카에데 님께서 보내주신 편지입니다. 신이치 님의 17번째 생일에 전달해 달라고 하셨습니다."

스스로 눈빛이 달라진 것을 느꼈다.

"……제 어머니한테서요?"

"네."

10년 전 타계하신 어머니의 편지.

떨리는 손으로 그 봉투를 살짝 열었다.

편지를 펼치자 먼저 눈에 들어온 문자는.

『안뇽, 신이치! 엄마지롱~!』

바스락.

나는 편지를 닫고 눈가를 누르며 미간을 주물렀다.

"……주조 씨. 이 편지 정말 우리 엄마가 쓴 거 맞아요?"

나는 미간을 비비며 그 편지를 주조 씨에게 향해 보였다.

"네, 틀림없습니다. 카에데 님의 필적입니다."

"그런, 가요……?"

그렇다면 항상 꿈속에서 나에게 말을 걸었던 총명하고 강하고 덧없지만 멋있던 엄마는 누구야? 상상 속 엄마?

"신이치 님…… 참지 않으셔도 괜찮습니다."

"우는 거 아니에요……!"

나는 쥐어짜는 듯한 목소리로 반박했다. 눈언저리를 누르는 내 몸짓이 그녀에게 오해를 준 것 같았다. 다른 의미로 울고 싶은 기분이 들긴 했지만…….

"아, 그렇습니까? 그럼 계속해서 읽어주시겠어요?"

주조 씨는 무표정을 유지한 채 재촉했다. 냉정하네, 이 사람.

나는 정신을 가다듬고 편지를 다시 읽기 시작했다.

* * *

안뇽, 신이치! 엄마지롱~!

어때? 잘 지내고 있니?

사실은 말이야, 17살이 된 신이치에게 부탁이 있어서 이런 편지를 썼단다!

부탁이야, 신이치.

엄마가 만든 회사를 이어가 주렴.

* * *

"이게 무슨……?"

의아함이 담긴 소리를 내며 고개를 들자 주조 씨는 여전히 무표정한 얼굴로 이쪽을 바라보고 있었다. 다 읽기 전까지는 아무것도 설명하지 않겠다는 굳은 의지가 느껴졌다.

* * *

신이치, 내년이면 고등학교를 졸업할 나이지?

그리고 18살 생일이 지나면 결혼할 수 있는 나이지?(현행

29

법이 바뀌지는 않았겠지?)

　어쨌든 그때까지 꼭 약혼을 해야 한단다!

　엄마랑 아빠가 사내 연애로 결혼했다는 건 알고 있니? 엄마랑 히라카와 사장의 자제였던 아빠는 똑같이 그룹 회사에서 사장직을 맡아 서로의 회사 실적을 겨루던 이른바 라이벌이었어.

　그리고 엄마가 차린 회사가 주식회사 베리테라고 하는 결혼 비즈니스 회사야. 결혼 소식지 출판이라든지 식장 소개, 식 자체의 프로듀싱, 결혼 후 서포트까지, 부부 생활을 총 지원해 주는 사업이지.

　그곳의 사장을 신이치가 맡아줬으면 좋겠어.

　18살 때 신이치에게 약혼자만 있으면 사장이 될 수 있도록 엄마가 생전에 손을 다 써뒀단다.

　결혼 사업이라 미혼이면 좀 힘들어, 미안해.

　하지만 안심해! 신이치의 결혼을 위해 이 엄마가 전 재산을 쏟아부었거든!

　그게 바로 연애 유학이야!

* * *

"연애 유학……?"

뭐가 뭔지 전혀 모르겠지만, 다시 말해 내가 18살이 될 때까지 평생의 반려자를 찾으면 베리테의 사장으로 취임할 수 있다는 이야기인 것 같았다.

그리고 그 앞의 설명을 읽어보면 그것을 위해 『연애 유학』이라는 프로그램이 짜여 있다고.

그 프로그램이라는 것이 바로 나와의 결혼을 희망하는 복수의 여성(그런 사람이 어디에 있지?)과 공동생활을 하고, 그중에서 평생의 반려자를 선택하는 것 같았다.

어머니는 나의 결혼 상대를 찾는 이 프로그램…… 연애 유학을 위해서 거액의 재산을 남긴(써버린) 것이다.

* * *

참고로 이혼하면 그 순간 사장에서 해임되고, 나아가 히라카와 그룹과도 일절 관계가 없어지니까 주의해!

* * *

"에엑……" 하고 무심코 목소리가 새어 나왔다.

* * *

부디 '진실한 사랑'을 찾아주렴.

엄마가. 생명보다도 무거운 사랑을 담아.

* * *

일단 느낀 첫 소감은.

"엄청 위험한 사람이잖아요, 우리 엄마……."

"아드님이 보기에도 그렇게 생각하시나요?"

아들 입장에서도 그렇냐고 묻는 것을 보니 주조 씨도 적 잖이 그렇게 생각하고 있는 것 같았다.

"네, 진심으로."

……하지만 다음으로 생각한 것은.

"이건 히라카와 그룹을 인수할 수 있는 발판이 되겠네요."

"……인수한다니 좀 뒤숭숭하게 들리긴 하지만."

그녀는 아주 조금 입꼬리를 올렸다.

"그것은 신이치 님 하기 나름이라고 생각합니다."

기르던 개가 주인을 문다.

이것은 아버지가 주신 루트가 아니라, 자신의 힘으로 히 라카와 그룹에 들어가 인수할——되찾기 위한 커다란 발 판이 되어줄 것이다.

그러기 위해서 결혼이 필요하다면. 결혼이 그 지름길이

된다면.

답은 하나다.

"알겠습니다. 연애 유학, 참가할게요."

제2장
어떻게든 나를 독차지하고 싶어 하는 6명의 메인 히로인

눈앞에는 붉은색 융단으로 된 버진 로드.

뒤돌아보면 유리창 저편으로 낮이 저물어가는 도쿄의 거리가 한눈에 들어온다.

도쿄도 미나토구 롯폰기. 그 한복판에 우뚝 솟은 '롯폰기 스카이타워'는 롯폰기라는 지명을 따서 바로 지난달 6월 6일 지어진 66층짜리 초고층 건물이다.

유명 대기업이 임차권을 거래했다는 이야기가 신문 기사에 적혀 있었지만, 옥상과 61층~66층까지의 최상부 6층에 대해서는 누가 샀는지 의문으로 남아 있었다.

하지만 뚜껑을 열어보니 아무래도…….

"이걸 어머니 회사에서 샀다는 거죠……?"

주조 씨가 고개를 끄덕였다.

"네, 카에데 님이 구매하신 물건입니다. 빌딩 건설 계획은 10년 전부터 시작되었으니까요. 현재는 이 연애 유학 프로그램의 소유물입니다."

"진짜냐고……."

"진짜입니다. 그럼 바로 향후의 흐름을 설명하겠습니다."

아연실색한 나를 개의치 않고 주조 씨가 설명을 시작했다.

"신이치 님은 앞으로 6명의 신부 후보를 맞이하게 됩니다."

"신부 후보요?"

새삼스레 들으니 굉장한 단어네…….

"신이치 님은 그 6명 중에서 단 1명을 뽑기 위해 정기적으로 1명씩을 탈락시켜야 합니다."

"탈락시킨다, 고요……?"

"네. 이 프로그램은 한 명씩 탈락시키면서…… 즉, 차 나가면서 최종적으로 남은 한 명과 약혼하게 되는 규칙입니다."

"그렇, 군요…….'"

……아니, 최종적으로 1명을 선택한다는 점에는 변함이 없으니, 거기에 이르기까지의 규칙 자체는 큰 문제가 아닐지도 모른다. 그냥 어쩐지.

"마지막에 1명만 선택하면 안 되나요? 한 명씩 탈락시키는 건 뭔가 좀 가혹한 것 같은데요…….'"

"신이치 님은 정이 많은 분이시군요."

"그렇지는…… 않습니다만."

나는 아랫입술을 살짝 깨물었다. 정이 많다는 것은 곧 짐이, 족쇄가 늘어나기 쉬운 성질이라는 뜻이다. 이상적이지 않다.

주조 씨는 거기서 어쩐지 살짝 미소를 지었다.

"……이야기를 되돌리죠. '마지막에 한 명만 뽑으면 된다'고 하셨는데, 신이치 님. 당신이 기업 면접이나 학교 입학시험을 볼 때 1차 시험에서 점수가 부족한 분을 2차 시험에 통과시키는 의미가 있다고 생각하시나요?"

"……그렇군요, 이해했습니다."

맞는 말이다. 나는 앞으로 평생을 함께할 상대를 확실하게 파악해야 한다. 그렇다면 결혼할 가능성이 없는 상대를 일찌감치 선발에서 제외하고 인원을 줄인다면 남은 후보를 더 자세히 볼 수 있고, 틀린 판단을 할 가능성도 줄일 수 있다는 이야기겠지.

"이해해 주셔서 다행입니다. 그럼 앞으로 1명씩 제가 데리고 올 테니 서로 간단하게 자기소개를 하고 인품을 알아보시면 됩니다. 참고로 다른 분들은 모두 신이치 님의 프로필을 알고 있는 상태에서 오디션을 보셨습니다. 그러니 본인의 이야기는 가볍게 하고 상대의 이야기를 더 들으시는 편이 좋겠죠."

"오디션……?"

"네, 신이치 님의 프로필을 본 또래 여성이 1만 명 정도 응모해 주셨습니다. 그 과정을 거치고 올라오신 여섯 명의 여성이 여기 모이게 됩니다."

"1만 명……?!"

만난 적도 없는 여자애가 나에게 연애 감정이 있을 리 만무할 테니 당연히 내 집안이나 차기 사장 후보라는 지위가 목적이라는 것은 알겠지만, 그렇다 하더라도 많았다.

"그건 그렇고, 그런 일을 언제 다 한 건가요?"

"지난주까지 두 달 정도 물밑에서 조용히. 베리테를 대표하는 결혼 매칭 스페셜리스트 집단——컨시어지 사천왕이 신이치 님과의 궁합, 가문, 능력 등을 종합적으로 판단하여 모든 항목에서 높은 기준점을 넘은 분들만을 이곳으로 불러들였습니다."

"컨시어지 사천왕……."

얼핏 애들 장난처럼 들리는 그 시스템도 우리 어머니가 만든 거겠지…….

"그렇게 엄선된 6명의 신부 후보 중 한 명을 뽑는 것이 이 연애 유학에서 신이치 님께서 해야 할 일입니다."

"그리고 그 한 사람과 결혼 혹은 약혼을 한다고요……."

"네. 자기소개 후 진행 방법은 전원이 모인 뒤에 다시 설명하겠습니다."

"……알겠습니다."

하나하나 다 받아들이기 어려운 내용뿐이었지만, 어쨌든 '앞으로 이곳에 올 6명 중 1명을 뽑는 것'이 내가 할 일인 듯했다.

"그럼 우선 첫 번째 분을 데려오겠습니다."

주조 씨는 깊게 고개 숙여 인사한 뒤 떠났고, 나는 혼자 레드카펫 위에 남겨졌다.

살짝 눈을 감고 생각을 정리했다.

나는 이 유학을 통해서 누군가 한 명을 선택해야 한다.

그것도 단순히 마음에 드는 상대를 골라서는 안 된다.

그 상대와는 말 그대로 '죽음이 두 사람을 갈라놓을 때까지' 함께 해야 하니 그것이 가능한 상대를 선택해야만 했다.

문득 꿈속의 어머니가 했던 말이 생각난다.

『신이치. '진실한 사랑'이란 이해가 일치하는 사이를 말하는 거란다.』

……그렇군. 상황이 이렇게 되니 묘하게 납득이 갔다. 확실히 이해관계가 미래영겁 일치하는 상대라면 이혼할 일은 없을 것이다. 설령 거기에 연정이란 것이 없다 하더라도 말이다.

"……좋았어."

조용히 기합을 넣었다.

아직 보지 못한 그녀들을 알아가는 심사는 여기서부터 시작되는 것이다.

첫 번째: 메구로 리아

"말도 안 돼……!"

분홍색 드레스 위로 수 놓인 환한 미소.

채플 입구에 등장한 그 모습을 보고 나는 내 눈을 의심했다.

　그녀는 생글생글 웃으며 자기소개를 했다.

　"안녕하세요~!♡ 사이타마현 출신 메구로 리아, 15살, 고등학교 1학년입니다! 좋아하는 동물은 카피바라입니다! 리아라고 불러주세요. 잘 부탁해요오!♡"

　"……네, 네에. 반갑습니다. 히라카와 신이치, 17살, 고등학교 2학년입니다. 좋아하는 동물은…… 아니, 난 딱히 상관없나."

　"에헤헤, 재미있다!♡ 아이돌이 적성에 맞는 거 아냐?"

　"아니, 딱히 그렇지는……."

　자신도 알겠다. 엄청나게 서투른 대화를 하고 있다는 걸!

　냉정하게 판단하겠다고 자신을 타이르며 만들어 두었던 마음의 벽에 곧바로 균열이 생기고 있었다. 단순히 자신에게 관대한 것뿐일지도 모르지만, 그것도 무리는 아니었다.

　그도 그럴 것이 지금 내 앞에 서 있는 것은, 일본에 살고 있다면 모르는 것이 어려울 정도의 톱 아이돌『봄내음 플리즈』의 센터, 메구로 리아였으니까.

　나처럼 연예계에 어두운 사람이라도 알 수 있었다. 신문 배달 아르바이트를 하면서 보던 일면에도 자주 이름이 실려 있었고, 거리를 걸으면 온갖 광고판에서 그녀의 모습이 보였으니까.

　'리이'라는 특수한 1인칭조차 온 국민이 알고 있다고 해도 과언이 아니었다.

　방학식 날 반 친구들이 이야기하던 아이돌도 메구로 리아였고.

　……아니, 뭐랄까.

　"전격 은퇴한 지 얼마 안 됐지? 왜 이런 곳에?"

　"아이돌은 여기 오기 위해 졸업한 건데?♡"

　"여기 오기 위해……?"

　내가 멍하니 있자 그녀가 나의 손을 살짝 잡더니,

　"신이치 군과 연애하기 위해서, 라는 뜻♡"

　백만 점짜리 미소를 지어 보였다.

　"나랑, 연애를……?"

　그녀의 말에 나는 0점짜리 맞장구(=단순한 복창)밖에는 할 수 없었다.

　"맞아! 아이돌은 연애 금지잖아? 하지만 리아는 신이치 군을 좋아하게 돼서 아이돌을 그만두고 여기에 온 거야!♡"

　"좋아해……? 나의 어디를……? 언제부터……?"

　"질문이 많네? 음, 어디냐면…… 전부?♡ 신이치 군의 졸려 보이는 눈도 멋있고, 공부밖에 안 해서 머리 좋은 것도 좋고, 친구 없는 것도 한결같아서 좋고."

　그거, 칭찬으로 하는 말인가? 그 메구로 리아가 나를 좋아한다니 도저히 믿을 수가 없다. 그보다 뭐랄까.

　"만일 그게 사실이라고 해도 그런 이유로 아이돌을 그만두는 게 가능해……?"

"반대로 물어볼게, 신이치 군. 리아가……."

문득 그녀의 미소 띤 눈 속에 차가운 열이 피어올랐다.

"……봄플리의 메구로 리아가 장난으로 아이돌을 졸업했을 것 같아?"

"그건……."

그 두 눈은 똑바로 나를 바라보고 있었다.

"아니지?♡ 지금은 그 정도의 각오를 갖고 여기 왔다는 것만 알아줬으면 좋겠어!"

"아, 응……."

나는 최대한 많은 정보를 얻기 위해 그 눈동자를 다시 바라보았다.

"으……."

하지만 어느새 돌아온 아이돌의 눈부심에 무심코 시선이 돌아갈 것 같았다. 남학교의 외톨이인 나에게는 너무 눈부시다고……!

나는 눈을 감고 살며시 심호흡을 했다. 이건 내가 공부를 시작하기 전에 항상 하는 집중을 위한 루틴이다. '2초 명상'이라고도 부른다.

후우…… 하아…… 좋아.

"뭐 하는 거야?♡"

"아니, 아무것도 아니야."

"흐음? 기껏 얼굴 빨개졌는데 다시 원래대로 돌아왔네?"

"그렇지."

2초 명상을 습득해 두길 잘했다…….

"그렇다면…… 에잇."

그렇게 말한 리아는 나에게 포옹을 해 왔다.

"……웃?! 리, 리아……?!"

"왜애?♡"

생글생글 웃으며 나를 올려다보는 그 미소가 정말이지 영악했다. 아이돌 사양이라는 것을 알면서도 마음이 흔들리는 것을 느꼈다. 역시 1억 명을 사로잡은 아이돌……!

"아니, 그게……."

뇌 안에서 경보가 울렸다. 위험해. 몸도 너무 밀착되어 있다. 내 허용치를 초과했다.

"으음~?♡"

틀렸어. 이 사람, 아마 무슨 말을 해도 이대로일 것 같다.

나는 다시 2초 명상을 했다.

……좋아.

훅 표정을 바꾸고 리아를 돌아보았다.

"으우……! 만만치 않은걸? 리이가 6초만 쳐다보면 어떤 남자애든 다 얼굴을 붉히는데!"

그렇게 말하며 리아는 보란 듯이 뺨을 부풀렸다.

"하지만 반대로 달아올라♡. 꼭 뒤돌아보게 만들 테니

기다려 줘♡."

"응, 기다리고 있을게⋯⋯(?)."

"시간이 다 됐습니다."

주조 씨가 벨을 눌렀고 리아의 차례가 끝났다.

"또 이야기하자, 신이치 군!♡"

두 번째: 시나가와 사키호

"그렇게 돼서 시나가와 사키호, 16살, 고등학교 2학년, 신이치와 결혼하러 왔습니다!"

여느 때와 다름없는 미소로 지내던 소꿉친구는 평소보다 더 기합이 들어간 드레스를 입고 역시 평소와 같은 어조로 다시 한번 자기소개를 했다.

"역시 사키호는 이 유학에 대해 알고 있었구나."

"그 정도는 당연히 알고 있어야 하는 상식 아냐?"

"당연한 것도 아니고 사키호는 비상식적이야⋯⋯."

사키호가 나올 건 연애 유학 초대장을 받은 시점에서 이미 예상했다.

『⋯⋯뭐, 그보다 더 굉장한 서프라이즈가 있어. 내가 주는 건 아니지만, 신이치한테 아주 큰 서프라이즈 선물.』

『나한테 말해봐야 소용없어. 나는 오히려 반대했다니까? 하지만 보내는 사람이 사람이니까⋯⋯.』

어제의 수수께끼 발언들은 사키호가 이 유학에 대해 알고 있었다고 하면 전부 설명이 된다.

"하아…… 사키호는 정말 뭐든 다 알고 있네."

"다 알진 못하는데? 신이치에 관한 것만."

또 자랑스러운 얼굴로 그런 대사를 하는 사키호.

"그보다 뭔가 안도한 얼굴이네? 내가 와서 기뻤어?"

"아니, 사키호를 보니까 안심이 돼서……."

"그런가? 에헤헤……."

나의 말에 잠시 만족스러운 미소를 머금은 사키호는,

"……아니? 그 얼굴은 아니지?"

이번에는 눈을 흘기며 나를 바라보았다.

"신이치, 첫 번째 여자애한테 홀라당 넘어갈 뻔했지?! 얼마 전 신문 영업하는 연상의 미인이 집에 왔을 때 필사적으로 외면한 뒤의 얼굴이랑 똑같아!"

들켰다……! 그보다!

"아니, 그때 사키호 집에 없었잖아? 어떻게 내 얼굴을 본 거야?"

"그 정도는 안 봐도 당연히 알고 있는데?"

"우와……."

뭐가 '사키호를 보니 안심이 된다'냐. 정반대잖아.

"그건 그렇고, 신이치가 이 제안을 수락하다니. 결혼은 큰 짐이라고 하지 않았어?"

"뭐, 그렇지…… 의외야?"

"아니. 신이치라면 꿈을 위해서 받아들일 거라고 생각했어. 그래서 싫었던 거야. 결혼 상대가 필요하다면 내가 있는데."

변함없는 기세로 거침없이 중얼거리는 사키호에게, 나는 진작부터 묻고 싶었던 것에 관해 물어보았다.

"만약 그렇게 된다면, 사키호는 정말 그걸로 괜찮아?"

"왜 그래? 갑자기 그런 진지한 얼굴로."

"진지한 이야기이니까. 사키호의 장래 이야기잖아?"

"음……?"

지금까지도 사키호는 이렇게 마음을 전해오고 있다.

하지만 그건 아마 인간관계 미니멀리스트인 내가 진심으로 응하지 않을 거라는 걸 알고 취한 접근법이었을 것이다. 아무것도 몰라도 신이치에 대한 것만 아는 사키호이니 그 정도는 알고 있겠지.

하지만 이 연애 유학은 애들 소꿉놀이가 아니다.

뽑힌다면 진짜로 나와 결혼해야 한다.

그렇기 때문에 나는 그녀의 의사를 확인해야 했다.

"사키호는 정말로 나와 결혼할 생각이 있어?"

"있는 게 당연하지?"

지체 없이 대답하는 사키호.

"어? 지금까지 몇 번이나 말하지 않았어? 나는 첫사랑

지상주의라고."

그것은 그녀가 계속해 오던 주장이었다.

"그건 알지만……."

"'알고 있지만 이해는 못 했다'라는 거야? 그럼 설명해 줄게. 이번이 마지막이다?"

그렇게 말하고 그녀는 크흠, 하고 헛기침을 했다. 그 눈에서 빛이 스르륵…… 하고 사라져 갔다. 그 스위치를 밟아버린 건가…….

"아무런 근거 없이 첫사랑 지상주의라는 신조를 내세우고 있는 게 아니야. 첫사랑과 함께하는 것이 가장 행복하다는 말엔 제대로 된 이치와 근거가 있어. 그건 굉장히 심플해. 첫사랑은 곧 모든 것의 기준이 되니까."

이렇게 되면 더는 끼어들 수 없다.

"만약 내가 앞으로 신이치 이외의 사람과 사귄다고 해도…… 아, 그런 건 생각만 해도 불쾌하고 구역질 나긴 하지만. 그래도 신이치가 몰라주니까 어쩔 수 없이 예시를 드는 거야. 어디까지나 가정의 이야기, 공상, 있을 수 없는 ──아니, 있어서는 안 되는 상상이라는 걸 이해하고 들어줄 수 있을까?"

나에게 다가오는 드레스 차림의 사키호. 사이코 공포 영화의 한 장면이다.

"내가 만약에 누군가, 신이치와 다른 사람을 사귄다고

하더라도 그 사람과 뭔가 할 때마다 신이치를 생각하게 될 거야. 신이치라면 이럴 때 뭐라고 했을까, 신이치라면 어떤 식으로 나를 안아줬을까, 신이치의 입술 감촉은…… 그렇게. 그 후로도 계속, 쭉 그렇겠지. 그런 생각이 들 정도라면 차라리 첫사랑과 결혼해서 모든 '처음'을 첫사랑에게 바치는 편이 가장 행복하지 않을까? 이런 말을 하면 가끔 '첫 번째가 운명이라고는 할 수 없으니 제대로 여러 사람과 사귀어보고 판단해야 한다'라는 정론 아닌 정론을 주장해 오는 사람이 있어. 하지만 여러 사람과 사귀어보고 엄선한다는 마음을 나는 전혀 이해하지 못하겠어."

역시나 숨 쉴 시간은 필요했기에, 거기서 딱 한 번 숨을 들이마신 그녀가 다시 입을 열었다.

"나는 나의 '처음'부터 '마지막'까지 모두 신이치에게 주고 싶어."

"사키호, 알았어. 알았으니까……!"

듣고 있는 정보량이나 내용, 분위기, 모든 것이 뒤죽박죽 뒤섞이기 시작해 어떻게든 멈추기 위해 사키호의 어깨를 눌렀다.

"정말? 정말 알아준 거 맞아?"

"응, 알았어."

거짓말은 하지 않았다. 현재로서 그렇다는 것은 잘 알았다.

내 걱정은 지금의 사키호의 마음이 아니라, '사랑의 마법은 언젠가 반드시 풀리는 것이 아닌가' 하는 데에 있었다.

다만 지금의 사키호로서 그것은 상정에서 크게 벗어난 이야기일 테고, 추궁해 봤자 의미 있는 대답은 얻을 수 없을 것이 명백했다.

그런 부분도 앞으로의 유학을 통해 판단해 나갈 수밖에 없겠지.

"이래 봬도 사실은 많이 양보한 거야. 꽤 참고 있다고. 내가 인생을 걸고 전한 마음이 전해지지 않은 거니까. 내가 있는데도 신부 찾기 따위를 하는 신이치한테 화가 날 것 같아. 그런 마음도 알아줬으면 좋겠어."

평소 늘 장난스러운 분위기였던 사키호가 감정을 드러내며 말하고 있었다.

"뭐, 하지만 일단 이 유학 참가는 허락해 줄게. 나와 결혼한 후에, 나 외에 다른 곳으로 눈을 돌리지 않도록. 자기 뜻으로 나를 선택했다는 과거를 되새기게 하기 위해서."

"사키호……."

"나, 질 생각 없거든?"

그녀는 그렇게 말하며 활짝 웃었다.

세 번째: 히라카와 마논

세 번째는 순백색의 드레스를 입은 작고 앙증맞은 얼굴, 예쁜 은발의 소녀였다.

"마논?!"

그 모습을 보고 나는 그만 큰 소리를 내고 말았다.

그녀 역시 아는 여자아이였지만, 단순히 아는 사이가 아니었다.

"오랜만이에요, 오빠."

그녀의 이름은 히라카와 마논. 내 의붓동생이다.

의붓동생이라고 해도 우리 아버지의 재혼 상대의 아이는 아니다. 마논은 어린이집에 있다가 아버지가 입양을 통해 들인 아이였다.

그녀를 입양한 이유는 그 두뇌에 있었다.

아직 시설에 있을 때 초등학생이었던 마논은 히라카와 그룹 내부 네트워크에 해킹을 시도한 과거가 있다. 당시 상당히 과묵했던 마논이 그런 짓을 하려고 했던 이유는 결국 알 수 없었지만.

나의 아버지 히라카와 신노스케는 마논과 시설을 고소하기는커녕, 그것을 이유 삼아 그녀의 입양을 신청했다. 지금에 와서 생각하면 이미 그때 아버지는 나에게 회사를 물려줄 생각 따위 없었고, 다른 후계자를 찾고 있었는지도 모른다.

그런 경위로 초등학교 4학년 때 갑자기 생긴 한 살 어린

여동생. 그것이 히라카와 마논이었다.

"마논이 왜 여기에……?!"

"언젠가 때가 되면 오빠랑 결혼해야 한다고 생각했거든요. 그때가 왔을 뿐이에요."

"……마논, 혹시 나를 좋아했어?"

"이해할 수 없어요. 왜 그렇게 되죠?"

"왜 그렇게 되지 않는 건데……?"

조금도 닮지 않은 남매는, 놀랍게도 똑같이 얼굴을 찌푸리며 똑같이 고개를 갸우뚱했다. 내가 고등학교 입학과 동시에 집을 나오기 전까지 6년이나 같은 집에 살았는데, 마논이 무슨 말을 하는지 도무지 이해할 수가 없었다.

뭐, 내 앞에서 입을 열어주는 데에만 1년이 걸렸으니까 무리도 아니다.

"그 논리로 말하면 이 유학 참가자들이 모두 오빠를 좋아한다는 뜻이 돼요. 정말 그게 가능하다고 생각하세요?"

"그건, 확실히……."

애초에 오디션 응모자의 대부분이 내 가문이나 지위가 목적이었을 테니, 그 통과자인 6명 역시 나에 대한 호의가 없을 가능성이 더 높은 것은 분명했다.

무의식중에 꽤 오만한 발언을 해 버린 것 같다.

나는 부끄러움을 없애기 위해 헛기침을 하고 첫 번째 질문으로 돌아갔다.

"그럼 마논은? 무슨 목적으로 참가한 거야?"

"마논은 지금의 환경을 바꿀 수 없어요. 그러기 위해서는 히라카와 가문의 힘을 등에 업어야 해요."

마논은 자신을 이름으로 부른다. 그 이름만 친부모에게 받은 거라서 그렇다고. 참고로 그 사실을 알려주기까지는 3년이 걸렸다.

"마논은 자신만을 위해, 좋아하는 것만 해도 된다는 조건으로 히라카와 가문의 양자가 되었어요. 이것은 히라카와 가문과의 계약이라고도 할 수 있어요. 하지만 신노스케 아버지가 사장이나 회장직을 퇴임하는 것은 그리 먼 일이 아니에요."

"그건 그렇지."

정년퇴직이라는 개념이 그 남자에게도 통할지는 모르겠지만, 아버지는 곧 환갑이고 퇴직하지 않더라도 사람의 목숨에는 한계가 있다.

"그래서 그때까지는 오빠와 결혼해야 한다고 생각했어요."

"그렇게까지 해서 마논이 하고 싶은 게 뭔데?"

사실 만난 지 7년 반이 지났음에도 아직 못 들은 것이 바로 그거였다.

"마논은……."

자만심도 있을지 모르지만, 마논은 나에게 나름대로 마음을 열어주고 있다. 그런데도 그동안 이야기하지 않았던 것이다. 밑져야 본전이긴 하지만 결혼할지도 모르는 이 단계에서는 중요한 일이기도 했다.

말할까 말까 망설이던 그 입술이 "이건 비밀이에요?"라는 서론을 꺼내더니, 첫사랑 상대를 오빠에게만 알려주는 듯한 작은 목소리로 내 귓가에 속삭였다.

"마논은 인형을 만들고 싶어요."

"호오……."

그 말을 듣자 가슴속에 형언할 수 없는 푸근한 마음이 펼쳐졌다.

"이해할 수 없어요. 왜 거기서 기쁜 표정을 지어요?"

"아니…… 마논의 그런 이야기는 처음 들어본 것 같아서. 그렇구나, 그런 걸 좋아하는구나……."

"조, 좋아하는 거 아니거든요! 갑자기 오빠다운 얼굴 하지 말아주세요. 이, 이해할 수 없어요……!"

마논은 그 새하얀 얼굴을 분홍색으로 발그레 물들였다. 은발과 순백색의 드레스 덕분에 더 예뻐 보였다. '조, 좋아하는 거 아니거든요'라며 자신의 꿈에 새침함을 포장한 것도 어쩐지 흐뭇했다.

"그럼 머리를 자른 것도 이 유학을 위해서?"

"네, 그렇긴 한데……. 역시 안 어울리나요?"

마논은 어깨 윗부분에서 가지런히 정리된 자신의 머리카락 끝을 보며 얼굴을 찌푸렸다.

예전에는 땅에 질질 끌릴 정도로 길었던 것이다. 꽤 과감하게 자른 듯했다.

중·고등학교 내내 원격으로 통학할 수 있는 사립학교에 다닌 마논은 대부분 혼자였기에 머리를 늘 기른 채로 방치했고 옷에도 무관심했다.

그래도 부모에게 물려받은 것처럼 보이는 그 머리만은 결 좋게 유지하고 있었다. 아주 가끔 3층의 자기 방 창문을 열고 거리를 내려다볼 때 우연히 지나가던 사람들이 그 모습을 보고 은발의 라푼젤이라는 별명을 붙인 적이 있을 정도였다.

"아니, 자른 머리도 잘 어울려. 고등학교 입학하면서 이미지 변신한 줄 알았어."

팔이 안으로 굽어 그런 것일지도 모르지만, 방금 본 톱 아이돌 메구로 리아에게조차 뒤지지 않는다고 느껴졌다.

"이미지 변신? 마논이 왜 그런 짓을 해요?"

"아니, 나도 잘은 모르지만…… 고등학교에서 인기를 얻기 위해 하는 거 아니야?"

"이해할 수 없어요. 마논이 고등학교의 누군가에게 인기를 얻어야 하는 의미를 모르겠어요. 왜냐하면."

그리고 내 여동생은 아무렇지도 않게 이런 말을 했다.

"마논의 고등학교에는 오빠가 없잖아요."

네 번째: 시부야 유우

"안녕하세요! 시부야 유우예요!"

"안녕하세요, 히라카와 신이치입니다. 17살, 고등학."

"저기, 이 연애 유학이라는 최고의 프로그램을 생각한 사람은 대체 누구야?! 너?! 네 아빠?! 네 엄마?! 아니면 그 주조 씨라는 사람?!"

자기소개도 다 마치기 전에 그녀는 그 커다란 눈동자를 반짝반짝 빛내며 내게 얼굴을 가까이 들이밀었다.

"아, 그건 제 어머." "그런 건 아무래도 상관없어!"

정중하게 대답하려는 내 말을 싹둑 잘라버린 시부야 유우 씨.

"어쨌든 최고야! 재미있는 기획 개발자 준그랑프리 상을 주고 싶을 정도야! 물론 그랑프리는 나야!"

"아, 네······."

굉장하다. 마치 그녀를 중심으로 세계가 돌고 있는 것이 아닐까 생각될 정도로 자기중심적이다.

"아······ 음, 시부야 씨는 왜 이 유학에 오신 거죠?"

"시부야 씨? 너 나랑 동갑 아냐? 동갑한테 존대라니 정말 무의미해. 유우라고 불러줘! 너는 신. 그걸로 됐지?"

"아아, 응······."

나랑 동갑인 걸 나는 몰랐지만. 즉, 그녀——시부야 유우는 고2인 것 같았다.

"그래서 유우는 뭘 위해 유학을 온 거야?"

"방송 같은 질문 방식이네? 뭘 위해 왔냐니. 이보다 더 재미있는 게 어디 있어? 터질 가능성도 충분히 있을 거라 생각해!"

"터져……?"

"뭐야, 너. 그런 말도 몰라?"

"아니, 말 자체는 아는데."

주로 SNS에서 많은 사람에게 퍼지는 것을 뜻하는 말이라고 알고 있다. 나의 의문은 그 말이 왜 지금 나오는가 하는 것인데…… 그리고 거기서 난 짐작했다.

"혹시 시부야 유우라면……. 유튜버?"

"그래! 내 채널 '시부야 유우의 세계', 본 적 있지?"

"아, 본 적은 없지만……. 채널명이 그거였구나."

"본 적이 없어?! 어째서? 인생의 100%를 손해 보는 건데?"

"전부잖아."

"전부야!"

당연하다는 듯이 주장하는 그 말에 나는 그저 압도당했다.

"어쨌든! 이 유학의 모습을 촬영하고 편집해서 내 채널에 올릴 거야!"

"그게 터진다고?"

"그런 건 해봐야 알겠지만, 가능성은 충분히 있지!"

히죽 하고 그녀가 웃었다.

"고등학생이 결혼 상대를 찾아가는 여정이라고! 일본 국내뿐만 아니라 해외, 그 밖에도 보통이라면 갈 수 없는 곳에도 간다고 들었어! 게다가 참가자는 전부 스페셜한 무언가를 가진 미소녀 여고생! 누가 남아도 이상하지 않은 연애 서바이벌! 그런 싸움이라면 다들 보고 싶을 거 아냐!"

"그런가……."

유감이지만 나는 터진다는 것에 대해서는 조금도 감이 오지 않았다.

"이 프로그램을 생각한 사람은 준그랑프리이지만, 한 가지 아쉬운 건 그걸 아무 곳에도 내보내지 않고 클로즈드하려고 했다는 점이야. 그게 바로 준에 그친 이유지."

뭐, 기획을 시작했을 당시엔 그 터진다는 말 자체도 생긴 지 얼마 안 된 직후였을 테니까.

"근데 그거 올려도 돼?"

"운영상 전부 다 끝난 후에 광고비를 받지 않는 형태라면 상관없다나 봐. 그리고 각 참가자에게 허가를 받는 건 직접 해야 하고."

"흐음…… 잠깐, 광고비를 안 받으면 의미 없지 않아?"

"뭐? 어째서?"

유우가 얼굴을 찌푸렸다.

"난 딱히 광고비 따윈 아무래도 상관없어! 세계에서 총

재생 시간이 제일 긴 동영상을 만들고 싶을 뿐이니까."

그렇게 말하며 올려다보는 두 눈동자. 새삼스럽지만 독특한 눈을 하고 있다는 생각이 들었다. 호기심과 자신감이 백라이트처럼 빛나는 것 같았다.

"왜 세계 제일이 되고 싶은데?"

"나는 나밖에 될 수 없는 내가 되고 싶어! 즉 온리원 말이지! 넘버원보다 더 알기 쉬운 온리원이 달리 존재할까?"

"뭐, 일리는 있네."

전반의 동어 반복적인 부분은 그렇다 치고, 후반은 '있는 그대로도 좋다' '온리원으로도 좋다'라는 말보다는 납득이 갔다.

"나는 그걸 위해 세상 누구도 경험하지 못한 인생을 사는 데 말 그대로 목숨을 걸었어!"

"그럼 이 기획에 참여해서 촬영하는 것이 목적이라는 거야?"

"그런 거지! 이 유학을 끝까지 지켜보며 넘버원이 되고 말겠어!"

나는 그 말을 듣고 인상을 찌푸렸다.

"아니, 잠깐, 끝까지라니……. 넘버원인 사람은 나랑 결혼해야 한다는 거 알고 있어? 동영상을 찍는 것뿐이라면 그렇게까지 할 필요는 없잖아."

"너, 본질을 잃어버린 거야? 이 동영상의 주인공은 나야. 주인공이 우승하는 게 당연히 훨씬 더 재미있지."

본질을 잃은 건 나인가······? 그보다.

"그렇게 간단하게 결혼을 결정해도 되는 거야? 아직 고2인데, 그 후의 인생까지 정해지는 거잖아. 뭐, 이 프로그램에 참여한 내가 할 말은 아니지만······."

"고2가 빠르다고? 그럼 몇 살이면 돼? 애초에 너는 몇 살까지 살 생각이야?"

유우가 눈을 가늘게 떴다.

"몇 살까지라니······ 잘 모르겠는데."

"그렇지, 몰라! 그게 내일까지일지도 몰라. 그럼 경험하기 너무 이른 나이라는 건 없지 않을까? 결혼, 얼마든지 환영이야!"

"호오······."

어쩐지 막무가내처럼 보이기도 하지만, 그런 그녀는 남다른 철학을 가지고 있는 것 같았다.

빛나는 눈동자에서 눈을 뗄 수가 없네, 하고 마음속으로 그렇게 혼자 중얼거렸다.

다섯 번째: 칸다 레오나

"안녕하세요. 칸다 레오나, 17살, 고등학교 3학년이에요."

성숙한 태도로 고개를 숙인 그녀의 고운 미소 속에는 속내를 읽을 수 없는 신비로운 관록이 풍겼다.

그 이름은, 그 얼굴은, 또 나도 알 만한 정도의 연예인이었다.

칸다 레오나. 아역 배우에서 시작해 천재 여배우로 이름을 떨치며 딸로 삼고 싶은 연예인 넘버원 자리를 10년 가까이 내주지 않고 있었다.

"음…… 유학 때문에 활동 중지인 거 아니었어?"

"응, 틀린 말은 아니잖아? 이건 유학이니까."

그녀의 미소에는 미스터리한 매력이 있었다.

"그건 그렇고 내 활동 중지 소식에 관심을 가져준 거야?"

"아…… 마침 교실에서 친구가 얘기하는 걸 들었거든요."

"흐음, 동급생이, 말이지."

자연스럽게 고쳐 말했다……. 물론 친구라는 건 예의상 쓴 말이긴 한데, 왜 들킨 거지? 오디션에 적혀있는 내 프로필에 설마하니 '외톨이'라고 적혀있는 건 아니겠지?

"그건 그렇고 나에 대해 알고 있었다면 조금 정도는 놀라줘도 되지 않아? 영 맥이 빠지네."

"지당하신 말씀입니다……."

"아하하, 뭐 상관없긴 하지만."

전직 아이돌이니 의붓동생이니, 다양한 사람들이 너무 많이 와서 그런 쪽의 감각이 조금 마비된 것 같았다. 그런데도 칸다 씨는 관대하게 웃어주었다.

"그래서 칸다 씨는 왜 이 유학에 오신 거죠?"

"그 전에. 나를 칸다라고 불러주지 않을래? 지금은 실제로도 동갑이니까 반말을 해도 괜찮아."

선배에게 반말하는 것엔 좀 거부감이 들었지만, 그녀가 원한다면 존댓말에 집착할 이유도 없었다.

"아…… 응. 칸다…… 는 어째서 이 유학에 온 거야?"

"잘했어."

생글생글 웃은 칸다가 칭찬을 해왔다.

"솔직히 말하면 난 히라카와를 이용하겠다고 생각했을 뿐이야."

"이용? 어떤 식으로?"

그녀가 두 손가락을 세웠다.

"'남자 방어'와 '인지도' 이 두 가지. 난 평생 여배우로 살고 싶거든. 죽음이 나와 연기를 갈라놓을 때까지."

"평생……. 그러니까, 그러기 위해서 남자 방어와 인지도가 필요하다는 거야?"

"그런 거지. 응, 제대로 설명할게."

칸다는 빙그레 고개를 끄덕였다.

"고등학생이 될 무렵부터였을까? 역시 현역 여고생이라는 타이틀이 묘하게 브랜드가 되는 건지 공동 출연하는 배우라든가 남성 아이돌, 젊은 프로듀서, 가끔은 감독한테서도 유혹을 받는 일이 늘어났어. 앞으로 이런 일이 결혼할 때까지 계속된다고 생각했더니 진저리가 나더라. 그래서 누구든 간섭하지 않을 거라고 생각하는 사람과 되도록 빨리 결혼하면 문제가 해결될 거라 생각했지."

"그게 나야?"

"그런 셈이지."

"……평범한 고학생이야, 나 자신은."

그녀는 미소를 잃지 않았다. 나는 반박하면서도 그녀가 하고 싶은 말은 알고 있었다.

그것은 내가 누구도 당해낼 수 없다고 생각되는 존재라서 그런 것이 아니었다. 감히 히라카와 신노스케의 아들인 내 약혼자를 유혹할 겁 없는 사람은 없을 거라는 이야기였다. 어른의 세계라면 더더욱.

"너는 너 자신의 신념을 관철하기 위해 고학생으로 지내고 있지? 그런 건 쉽게 할 수 있는 일이 아니야. 나는 충분히 매력적이라고 생각하는데."

"아, 으응……."

뭔가 갑자기 칭찬을 듣고 조금 기뻐지고 말았다……. 2초 명상.

"아하하, 못 들은 척하는 것 봐."

속을 꿰뚫어 보는 듯한 장난스러운 미소로 쳐다보니 민망해졌다.

"크흠……. '남자 방어'라는 부분은 알았어. '인지도'라는 건 뭐야?"

"즉, 최종적으로 일본 제일의 기업인이 평생의 사랑을 맹세하는 상대가 나라는 것."

최종적으로, 라……. 실제로 어떻게 될지는 모르겠지만 그건 차치하고.

"그게 여배우의 일과 관계가 있어?"

"전혀 상관없지. 본질적으로는."

"본질이 아닌 부분에서 관계가 있다는 뜻?"

"맞아."

고개를 갸우뚱하자 그녀가 손가락을 흔들었다.

"브랜딩이야, 브랜딩. 그런 걸로 사람의 가치를 재려는 사람이 세상에는 적지 않게 존재하니까. 그 자체가 훌륭한 지보다, 잘 팔리고 있는지 없는지로 측정하려는 사람. 심미안을 세간의 시선에 의존하는 사람 말이지."

"그건…… 그럴지도 모르겠네."

내면이 아니라, 그 사람 앞이나 뒤에 붙어 있는 간판이나 직함으로 그 사람을 판단하는 사람이 많다는 것은 나도 몸소 실감하고 있다.

"평생 여배우로 살겠다는 건 평생 일을 받아야한다는 뜻이잖아. 그렇다면 그런 브랜딩 같은 부분도 제대로 의식해 둬야지."

"힘든 세계네……."

뭐, 프로의 세계에 힘들지 않은 세계는 없겠지만.

"그래서 나는 나를 위해 너와 결혼하고 싶어. 하지만 히라카와에게도 나쁜 이야기는 아닐 거라 생각해."

"왜?"

"똑같은 이치로 너는 일본 최고의 여배우를 사로잡은 남자가 될 수 있어. 분명 주위에서도 지금과는 다른 의미로 널 바라보게 되겠지. 게다가……."

그녀의 미소에는 묘한 인력이 있었다.

"나는 네가 원하는 인간으로서 평생을 살아갈 자신이 있거든."

여섯 번째: 오사키 스미레

드디어 마지막 한 명.

채플 입구에 얼굴을 숙인 보라색 드레스 차림의 여자가 나타난 순간, '유리처럼 예쁘다'는 수식어가 내 멋없는 머리를 스쳤다. 한순간뿐이었던 것은 그녀의 아름다움이 순식간에 사라졌기 때문이 아니라, 그 직후 고개를 든 그 얼굴이 그야말로 유리 조각처럼 내 뇌수에 직접 와 박혔기 때문이다.

경직된 채 손을 떠는 내 앞에 선 그녀는 우아하게 인사했다.

"안녕. 오랜만이야, 히라카와 군."

그리고 그날과 다름없는 꾸며낸 웃음을 머금었다.

"오사키, 스미레……?"

오사키 스미레, 고등학교 3학년, 18살.

그녀는 국내 최대 통신사업자인 오사키 홀딩스 사장 자제이자.

동시에 내 전 여친이었다.

아니, 결과적으로 보면 거기에 연애 감정 같은 건 존재하지 않았을 테니 그 호칭이 맞는지 어떤지는 모르겠다.

다만 아는 사람이라고 부르기에는 인연이 깊고, 친구라고 부를 수 있을 만큼 편한 관계는 아니다. 가까스로 표현할 말을 찾아본 결과 전 여친이라는 표현밖에 찾을 수 없었던 것도 사실이다.

아니, 이제 관계의 호칭 따위는 아무래도 상관없나.

어쨌든 그날 갑자기 내 앞에서 홀연히 자취를 감춘 그녀가 또다시 갑자기 눈앞에 나타났다.

"왜, 여기에……?"

"당연한 걸 묻네. 네가 히라카와 그룹의 뒤를 잇기로 한 것 같으니까."

"뒤를 잇는 게 아니야. 되찾는 거지."

"강한 프라이드는 변하지 않았구나. 결과는 똑같잖아."

잠깐 틈을 두고 그런 대답이 돌아왔다.

여전히 신경 거슬리는 말로 속을 긁어내는 녀석이구나. 옛날에는 이것이 이른바 새침한 감정 표현 중 하나라고 진심으로 생각했는데, 그렇게 생각한 당시의 나를 때려주고 싶을 정도다.

……아니? 정말 그런가?

"그보다 내가 히라카와 사장이 된다는 전제로 이야기를 하네? 나는 자회사 사장이 되는 것뿐인데?"

"앗."

앗?

"히라카와 그룹에 소속된 회사의 사장이 된다는 건 변하지 않잖아? 게다가 나를 선택하기만 하면 오사키 홀딩스는 너를 지원할 수 있어. 그렇게 되면 넌 분명 히라카와의 사장도 될 수 있겠지. 그뿐인 이야기야."

"아아, 응……. 저기, 지금 '앗'이라고 하지 않았어?"

"무슨 말을, 하는 거야……?"

눈을 가늘게 뜨고 나를 노려본다. 이 여자, 진심으로 모르는 척하고 있어……!

"뭐, 됐어…… 일단 내 지위에 관심이 있어서 참가했다는 거지?"

"응, 그래. 달리 또 뭐가 있겠어?"

"그래."

그렇구나. 그렇다면 그것이 애초에 3년 전에 나에게 다가온 이유이기도 했겠지. ……그것도 당연하다고 하면 당연하다.

어이없음 반, 체념 반의 심정으로 그녀를 바라보았다. 오사키의 치켜 올라간 눈은 나를 물끄러미 쳐다보고 있었는데, 몸이 잔뜩 굳어 있는 것처럼 보였다.

"……어떻게 생각해?"

그리고 수수께끼의 질문이 날아왔다.

"어떻게 생각하냐니? 뭘?"

"그야 내 참가 동기 말이야. 문맥을 읽는 힘이 없구나, 가엾게도. 책상에 달라붙어서 국어 점수는 올릴 수 있어도 의사소통 능력은 사람과의 직접적인 대화로만 얻을 수 있는 능력이니까. 어쩔 수 없지."

"아무렇지도 않게 찌르네……."

확실히 나는 친구가 없다. 필요 최소한의 인맥 속에 한 번쯤은 이 밉살맞은 여자를 넣은 적도 있었지만, 그것마저 실패했으니 어쩔 수 없다.

"아직 늦지 않았어. 앞으로의 인생에서 나와 많이 대화하면 돼. 그러면 저절로 힘이 생길 거야."

"어?"

"뭐야?"

오사키는 나를 다시 노려보았다.

"아니, '앞으로의 인생'이라든가, '나랑 많이'라는 말을 하길래……."

"앗."

앗?

"당연히 난 네 지위 말고는 관심이 없지만, 일단 너와 결혼할 목적으로 여기에 온 거야. 배우자인 네 의사소통 능력이 부족하면 내가 보는 눈이 없다고 여겨질 거 아냐? 단지 그뿐이야."

"아, 응……. 저기, 지금 또 '앗'이라고 했지?"

"너 열이라도 있는 거 아냐……? 극도의 긴장으로 헛소리라도 들은 거니?"

"또 모른 척하네……."

이러면 마치…… 엉뚱한 의심을 할 것 같은데.

……아니, 그런 기대야말로 자신에게 족쇄가 되는 것이다.

나는 그녀도 알아차리지 못할 정도로 살짝 고개를 저으며 안이한 기대감을 떨쳐버렸다.

"……히라카와 군, 저……."

오사키는 나름 긴장한 건지, 가슴팍을 누른 채 나에게 눈짓으로 무언가를 말해왔지만,

"응?"

"……아무것도 아니야. 또 대화하자."

곧바로 눈을 내리깔았다.

전원과의 인사가 끝난 후 주조 씨와 함께 스카이타워 옥상으로 올라갔다.

18시가 넘어서 해는 이미 진 상태였다.

"옥상은 수영장으로 되어 있네요."

리조트 풀이라고 하는 걸까.

풀사이드(사이드라고 부르기엔 메인이라고 할 수 있을 정도의 넓이였지만)에는 바 카운터나 스탠드 테이블, 덱체어나 등나무를 엮어 만든 듯한 소파가 놓여 있었고 곳곳에 촛불이 켜져 있었다. 또한 주위에는 야자수 같은 식물들이 있어 오리엔탈스러운 분위기를 자아내고 있었다.

"신부 후보이신 분들은 조금 전 별실에서 다 함께 자기소개를 마치셨습니다. 방에 짐을 두고 정리를 마친 뒤에 이쪽으로 오실 예정입니다. 그 후 첫 번째 음료 파티가 진행됩니다. 거기서 좀 더 상세한 규칙을 설명해 드리겠습니다."

"알겠습니다."

그런 대화를 나누는 사이,

"우와, 굉장하다~! 리이, 감동이야!♡ 아, 신이치 군이다아! 여기야~!♡"

"잠깐, 리아. 신이치에게 첫 번째로 말 걸지 말아줄래?"

"이해할 수 없어요, 사키호 씨. 오빠의 첫 번째를 지키는 것에 무슨 의미가 있나요?"

"응, 마논 나이스! 아름다운 경치에 추악한 싸움! 오히려 달아올라!"

"아하하, 추악한 싸움이래. 시부야는 직설적이네. 어떻게 생각해, 히라카와?"

"저기, 칸다 씨. 은근슬쩍 선수 치지 말아줄래?"

목소리가 나는 쪽을 돌아보니 6명의 여성이 조금 전에 차려입은 드레스 차림으로 오고 있었다.

그걸 그렇고 다시 한번 6명이 나란히 서자 장관이었다.

분홍색, 검은색, 흰색, 빨간색, 비취색, 보라색. 각각의 드레스와 마찬가지로 타입은 다르지만 저마다 세간에서 보기에 무척 매력적인 여성이라는 것은 나라도 알 수 있었다.

"여러분, 저쪽 음료 카운터에서 원하시는 음료를 받아주세요."

주조 씨가 가리키는 쪽을 바라보자 나무로 된 정자 같은 지붕 아래에 세련된 바 카운터가 놓여 있었다. 바텐더 씨 몇 명이 주르륵 서 있다.

주조 씨를 포함해도 8명밖에 안 되는데, 이 얼마나 호사스러운 대접인가.

내 어머니는 내 신부 찾기에 정말로 유산 대부분을 던졌다고 한다. 그렇게까지 해서 그녀가 나에게 사장직을 물려주고 싶었던 이유를 나중에라도 진지하게 생각해 봐야겠지.

어쨌든 모처럼의 파티다. 방심은 하지 않겠지만 여기에서 있어도 어쩔 수 없다. 마실 걸 가지러 가볼까, 라고 생각한 그 순간.

"신이치 군!"

내 오른팔을 꼭 껴안는 눈부신 미소.

"뭐 마실래? 같이 보러 가자?♡"

전 톱 아이돌인 메구로 리아였다. 날도 저물고 있는데 지척에서 태양광 같은 미소를 향해오는 탓에 나는 조금 몸을 젖혔다. 아니, 그보다 팔에 느껴지는 감촉이 예상외로 부드럽고 탄력 있어서 심장이 뛰었다.

미소녀인데 가슴까지 내려주다니, 신도 꽤 불공평한 짓을 하는구나…… 그렇게 천국의 방향으로 의식을 날려 보낸 채 평정을 가장했다. 아니, 이건 승천인가?

"잠깐, 리아. 내 소꿉친구이자 미래의 남편을 그렇게 가볍게 껴안지 말아줄래?"

뺨을 부풀리는 소꿉친구 시나가와 사키호에게 다른 팔을 빼앗겼다.

"무슨 말이야? 으음? 리이의 미래의 약혼자를 잘못 말한 거 아냐?♡"

"우린 벌써 몇 년 전에 약혼했거든?"

"흐음~, 어렸을 때의 약속을 중요하게 생각하고 있구나! 사키호는 순수하네♡. 머릿속도 꽃밭이라는 느낌?♡"

"그렇게 저급한 도발에는 안 넘어갈 건데?"

눈에 힘을 바싹 주는 사키호. 아니, 제대로 넘어갔네…….

시선을 돌리자 입맛을 다시며 이곳을 촬영하고 있는 시부야 유우.

불쾌한 얼굴로 팔짱을 낀 채 이쪽을 노려보고 있는 오사키 스미레.

바 카운터에 주문을 마친 것인지 한발 앞서 닥터 페퍼를 마시고 있는 히라카와 마논.

그리고.

"히라카와, 뭐 마실래? 바빠 보이는데 내가 갖다줄까?"

여유로운 미소를 띤 채 말을 걸어오는 칸다 레오나.

"칫……."

그런 그녀를 보고 순간 내 오른쪽에서 혀를 차는 소리가 들린 것 같았다.

"리아?"

"왜애? 신이치 군?♡"

"아, 아니, 아무것도 아니야……."

혀 찬 거 맞잖아, 무서워, 여자…….

어찌어찌 바 카운터에서 주문을 하고 각자의 음료수를 손에 든 우리에게 주조 씨가 찾아왔다.

"그럼 앞으로의 흐름을 간단히 설명하겠습니다. 질문이 있으면 그때그때 물어봐 주세요."

"네에!"

유우가 스마트폰을 잡은 손과는 반대쪽 손을 들면서 대표로 대답했다.

"여러분은 지금부터 여기, 롯폰기 스카이타워를 거점 삼아 공동생활을 하게 될 겁니다. 이쪽을 봐주세요."

주조 씨가 그렇게 말하며 손가락을 딱 울리자 수영장 위에 롯폰기 스카이타워의 3D 홀로그램이 투영되었다.

"이게 뭐야! 대박이다!"

유우가 흥분하면서 그쪽으로 스마트폰 카메라를 들이댔다.

"이곳 롯폰기 스카이타워에는 여러분의 방 외에도 여기 리조트 수영장, 사우나&스파, 라이브바, 카페, 플레이룸, 라이브러리 등 소위 고급 호텔에 있을 법한 것들은 모두 준비되어 있습니다."

말과 동시에 홀로그램 스카이타워 곳곳에서 선이 튀어나와 어디에 무엇이 있는지를 표시했다.

"이 프로그램을 위해서만 운영한다고 보기엔 역시 너무 호화로운 것 같은데요……. 뭔가 다른 이유가 있나요?"

오사키가 손을 들고 질문하자, "질문 감사합니다, 오사키 스미레 님" 하고 주조 씨가 고개를 끄덕인다.

"그 우려는 지극히 당연합니다. 이곳의 설비는 연애 유학을 하는 동안은 전세로 여러분만이 쓰게 되지만, 내년 이후엔 결혼식도 치를 수 있는 VIP를 위한 전세 호텔로 개

업할 예정입니다."

"그럼 우리는 시험 운영을 겸하는 거군요?"

"말씀하신 대로입니다. 이해가 빨라서 좋군요."

그렇구나. 결혼식장과 호텔은 확실히 밀접한 관계가 있다.

"현재 여러분의 스마트폰에서는 SIM 카드를 빼둔 상태입니다. 또한 스카이타워 61층부터 옥상까지는 와이파이도 연결되지 않습니다. 호텔 내부에서는 저에게만 연락 가능한 내선 통화 시스템밖에 존재하지 않으니 여러분끼리는 되도록 대면으로 의사소통해 주시길 부탁드리겠습니다. 그 밖에 정보를 알고 싶은 경우엔 라이브러리에 있는 신문이나 데이터베이스를 활용해 주세요."

"데이터베이스라는 게 뭐죠?"

이번에는 칸다가 질문을 했다.

"국회 도서관에 필적하는 수준으로 전 세계 책과 인터넷 공개 정보가 집적된, 히라카와 그룹이 만든 전자 백과사전입니다. 전자이니 정보는 수시로 갱신됩니다."

"호오, 심심할 일은 없겠네."

"모든 걸 다 읽으려면 평생이 걸려도 모자랄 겁니다. 참고로 이곳의 데이터베이스를 포함한 유학 중의 기반이 되는 시스템은 마논 님이 제작하셨습니다."

"이 작은 아이가?! 와, 굉장하다!"

"이해할 수 없어요. 체격과 뇌의 생김새와는 아무런 상관이 없어요."

머리를 쓰다듬는 유우의 손이 불쾌한 듯 마논이 달아났다.

"그럼, 실제 규칙 설명으로 넘어가겠습니다."

살짝 마른침을 삼켰다.

여기는 중요한 파트다. 어떻게 그녀들을 파악하느냐가 달라진다.

"우선 다시 한번 확인하겠습니다. 이 유학의 목적은 신이치 님의 평생의 반려자를 찾는 것입니다."

꿀꺽, 하고 나 이외의 어딘가에서도 침을 삼키는 소리가 들렸다.

"이를 위해 시즌마다 한 번의 플라워 세리머니를 예정하고 있습니다."

"시즌? 플라워 세리머니?"

"플라워 세리머니는 신이치 님이 함께하고 싶다고 생각하신 분께 꽃다발을 전달하는 의식입니다. 매 플라워 세리머니 1회마다 1명, 꽃다발을 받지 못하신 분들은 이 유학에서 돌아가셔야 합니다."

자기소개 전에 주조 씨가 설명했던 대로, 이것은 1명씩 탈락자를 내는 프로그램인 것이다.

그녀들도 참가할 때 이미 들었던 이야기인지, 새삼스럽게 "어떻게 그런 끔찍한 짓을!" 하며 놀라는 기색조차 없다.

"첫 번째 플라워 세리머니까지를 시즌1이라고 부릅니다.

그다음은 순서대로 시즌2, 시즌3…… 이렇게 이어집니다. 오늘은 시즌1에 대한 설명만 드리겠습니다."

주조 씨가 검지를 들어 하늘을 가리켰다.

"여러분께서는 이번 시즌에 총 5번의 데이트를 진행하게 됩니다. 우선 저희가 기획한 그룹 데이트가 2번 있습니다."

"그룹 데이트라는 건 신이치와 몇 명이서 데이트를 한다는 뜻인가요?"

"그렇습니다. 처음으로 진행되는 두 그룹 데이트는 모두 정확하게 세 명씩 총 네 분이 데이트를 하게 됩니다."

"첫인상을 결정짓는 데이트라는 거네요. 여기서 멤버 소개를 하고……."

유우는 동영상 구성을 생각하고 있는 것 같았다.

"첫 번째 그룹 데이트는 칸다 레오나 님, 메구로 리아 님, 시부야 유우 님 세 분. 두 번째는 시나가와 사키호 님, 히라카와 마논 님, 오사키 스미레 님 세 분으로 진행하겠습니다."

"첫 번째는 '초면 그룹'이고, 두 번째는 '원래 알던 그룹'인 거네요?"

"굳이 말씀드리자면 그렇습니다."

사키호의 질문에 주조 씨가 미소 지었다.

"대결에서 승리하신 분들은 【추가 데이트】 권리를 얻습니다. 단체 데이트 직후 단둘이 보낼 수 있는 권리입니다."

"단둘이……!"

자리가 순식간에 달아올랐다.

나와 지내는 것 자체가 얼마나 가치가 있는지는 차치하고, 이 프로그램에서 단둘이 대화할 시간이 있어야 일을 더 유리하게 진행할 수 있다는 것만은 확실했다.

나로서도 그녀들을 더 깊이 이해할 기회가 될 것이었다.

"그리고 2번의 그룹 데이트가 끝나면 다음으로 2번의 【1on1 데이트】를 진행합니다."

"1on1 데이트? 이번에는 신이치와 단둘이서 보내는 건가요?"

또다시 사키호가 물었다.

"그렇습니다. 추가 데이트와는 달리 신이치 님이 상대방과 행선지를 직접 고릅니다."

"아, 그런 거예요?"

"네, 그렇습니다. 물론 지원은 해드립니다."

당황한 나머지 이상한 소리가 나오고 말았다.

그렇다고 해도 나쁜 이야기는 아니다. 좀 더 이야기를 듣고 싶은 상대가 있으면 거기서 차분히 대화를 나눌 수 있다는 뜻이었다.

"그리고 1on1 데이트가 2번 끝난 후에는 마지막으로 【전원 데이트】를 진행합니다. 이쪽은 모두가 함께하는 데이트입니다. 여기가 신이치 님께 어필할 마지막 기회인 셈이죠. 이 데이트에서는 특별히 예정된 대결은 없습니다."

"전원! 촬영하기도 좋고 최고네!"

"전원……. 시끌벅적해서 피곤할 것 같아요."

유우와 마논이 너무 적나라한 소감을 말했다.

"그리고 다시 마지막으로 롯폰기 스카이타워에서 【플라워 세리머니】를 진행합니다. 여기서 5분, 남기실 분을 신중하게 골라 주셔야 합니다."

그렇다는 건,

"즉 한 분, 이 유학에서 돌아가실 분이 이때 결정됩니다."

드디어 여기서 첫 번째 탈락자가 결정된다는 것이다.

"여기까지가 시즌1의 흐름입니다. 질문 있으신가요?"

2, 3초 동안 아무도 소리를 내지 않고 있자,

"괜찮은 것 같아!"

다시금 유우가 대답을 돌려주었다.

탈락자 이야기가 나오면서 무거운 분위기가 되지 않을까 싶었는데, 여성들의 얼굴은 아무렇지도 않아 보였다.

"그럼 드링크 파티로 돌아갈까요. 신이치 님, 건배사를 부탁드립니다."

"으음……."

말하는 것은 잘하지 못한다. 다만 많은 경영자나 리더급의 인재들이 이런 자리에서 짧은 이야기를 나누는 모습을 파티 같은 데서 여러 차례 봐왔다.

나도 경영자를 목표로 한다면 피할 수 없는 일이겠지.
괜찮아, 나라면 할 수 있다. 할 수 있어야 해.
이 유학의 앞날을 점치는 중요한 첫 번째 일이었다.

"거, 거거, 컨배!"

……어쩔 수 없다. 다음에 힘내자.

제3장
아이돌, 여배우, 인플루언서 in 놀이공원

"전!세! 최고야!"

이곳이 마치 세계의 중심이라도 된 듯 인플루언서인 시부야 유우가 소리치며 동영상을 찍고 있었다.

"언제나 쾌활하네, 시부야는."

"쓸데없이 칼로리를 소비하네? 그러면 배고프지 않아?"

연애 유학용 교복을 입은 여배우 칸다 레오나가 여유로운 미소를 띠었고, 똑같이 교복을 멋스럽게 차려입은 전 아이돌 메구로 리아가 에너지 절약을 권유했다.

"그런 시니컬한 태도가 멋있다고 생각한다면 지금 당장 고치는 편이 좋아. 이 유학은 이런 평범하지 않은 경험들이 잔뜩 기다리고 있다구! 즐기지 않으면 손해야! 안 그래, 신?"

"어, 으응……."

카메라를 받은 나는 다른 곳으로 시선을 돌렸다.

"뭐야, 왜 이렇게 땀을 흘려. 무슨 일 있어?"

"아니, 신경 쓰지 마. 더운 것뿐이야."

……물론 더운 것뿐만은 아니다.

이 땀은 극도의 긴장이 빚어낸 식은땀이었다.

우선 남고에 재학 중인 나로서는 여자 세 명과 데이트하는 것만으로도 부담스럽다.

게다가 여기는 디아슬리 랜드.

도쿄돔 약 11개 분량의 규모를 자랑하는 일본 최대 놀이 공원이기도 한 이곳은 데이트의 등용문이자 귀문인 마의 테마파크였다. 이곳에서 첫 데이트를 한 커플은 헤어진다는 도시 전설마저 있는, 여성과의 의사소통 능력이나 궁합이 가장 시험대에 오르는 곳이기도 했다. 그렇기 때문에 주조 씨가 이곳을 선택한 것이겠지만⋯⋯.

물론 내가 여기서 해야 할 일은 즐겁게 데이트를 즐기는 것이 아니었다.

베리테 사장, 나아가 히라카와 그룹의 총수가 될 수 있도록 이혼하지 않고 평생을 함께할 상대를 찾기 위해 나는 이곳에 있다.

즉 데이트를 하면서도 이들 중 평생의 파트너로서 이해가 일치하는 상대를 파악해야 한다는 뜻이었다.

"신이치 군, 수건 쓸래~?♡"

줄줄 땀을 흘리는 내 앞으로 순백색의 손수건이 내밀어졌다.

건네준 사람을 보니 생글생글, 리아가 백만 점짜리 미소를 지으며 나를 올려다보고 있었다. 역시 1억 명을 사로잡은 아이돌⋯⋯!

"고, 고마워⋯⋯!"

"어, 얼굴 빨간데? 열이 있나?♡"

"우왓?!"

너무나 자연스러운 몸짓으로 내 이마에 자신의 이마를 붙여와 엄청나게 놀랐는데, 정작 리아 자신은 전혀 신경 쓰지 않는 기색으로 웃어 보였다.

"리이도 비슷한 정도로 뜨거워서 잘 모르겠어. 에헤헤."

원래도 끓고 있던 머리가 주전자처럼 소리를 낼 지경이었다.

이 이상 공격당하면 열사병에 걸리고 말 거야……! 라고 뇌가 경보를 울리던 그때.

"아, 주조 씨!"

어디선가 구원의 여신, 주조 쿠미 씨가 나타났다.

간단한 인사를 마친 뒤 그녀가 크흠, 하고 가벼운 헛기침을 했다.

"자, 그럼 바로 여기 디아슬리 랜드에서의 승부 내용을 발표하겠습니다."

"기다리고 있었어요! 분명 엄청 재미있는 승부겠죠?"

"기대에 부응한다면 좋겠습니다만."

주조 씨가 살짝 미소 지었다.

"뭘까? '가장 귀여운 사람이 이기는 게임' 같은 거라면 좋을 텐데."

"아하하, 역시 굉장한 자신감이네. 하지만 그렇다면 디아슬리까지 온 의미가 없지 않을까?"

주조 씨는 크흠, 하고 가볍게 헛기침을 하고는 승부의 내용을 발표했다.

"오늘 18시까지, 누가 가장 신이치 님의 해피 호르몬을 많이 분비하게 하는지를 겨룹니다."

"해피 호르몬……?"

칸다가 얼굴을 찌푸리며 고개를 갸우뚱했다.

"인체에 행복감을 주는 호르몬을 말합니다. 안도와 안정감을 느낄 때 분비되는 '세로토닌', 무언가를 달성했을 때 분비되는 '도파민', 그리고 사람과의 인연이 가져다주는 '옥시토신', 이 세 가지라고 하죠."

"세로토닌, 도파민, 옥시토신…… 몇 번을 들어도 잘 모르겠어."

리아가 미간을 찌푸리며 손가락을 접고 있었다.

"다시 말해 신이치 님이 행복을 느끼는 상태로 만들면 된다, 라는 것만 기억해 두시면 됩니다. 여러분께 드린 스마트 워치는 저희 회사 시제품으로 해피 호르몬 분비량을 측정할 수 있습니다."

"와, 시제품! 어쩐지 본 적 없는 모양이다 했더니!"

유우가 흥분하며 자신의 오른팔에 끼워진 스마트 워치

에 카메라를 향했다.

"신이치 님께 전달한 스마트 워치에서 해피 호르몬 분비가 검출되면, 가장 가까이 있던 사람에게 그 분비량만큼 포인트가 가산됩니다. 18시가 된 시점에서 가장 많은 포인트를 획득한 사람…… 즉, 가장 많은 해피 호르몬을 분비하게 만든 사람이 승리하고, 그분이 추가 데이트 권리를 얻게 됩니다."

"가장 가까이 있는 사람이라는 건 이 스마트 워치 간의 거리라는 거죠?"

칸다가 묻자 주조 씨가 "맞습니다"라며 고개를 끄덕였다.

"그럼 신이치 군은 왼팔에 스마트 워치를 끼고 있으니까 왼쪽 옆에 있는 사람이 유리해지는 건가요? 오른쪽에 서 있느냐 왼쪽에 서 있느냐에 따라 점수가 달라진다니 뭔가 이상한데에."

리아가 그렇게 말하면서 내 왼팔을 껴안았다. 그 부드러운 감촉에 내 심장은 조금도 익숙해질 기미가 보이지 않았다.

"그런 부득이한 오차를 막기 위해 신이치 님의 스마트 워치에서 1m 이내는 동일 거리로 판단합니다. 두 세분이 동일 거리에 있을 때 해피 호르몬이 분비된 경우에는 포인트 역시 동일 거리에 있는 두세 분께 균등하게 배분됩니다."

"흐음? 그렇다 해도 어느 쪽이든 계속 신이치 군한테 붙어있는 게 제일 유리하다는 거네요?♡"

"대체로 그렇긴 합니다만, 한 가지 주의 사항이 있습니다."

주조 씨가 검지를 위로 세웠다.

"스트레스 호르몬이 분비되면 그만큼 가장 가까이 있던 분들께 마이너스 포인트가 발생합니다."

"스트레스 호르몬……이 뭔가요?"

"신과 가장 가까운 곳에서 불쾌한 짓을 하면 감점을 당한다는 뜻이야. 나름 합리적이네. 예를 들면 리아가 '서비스야♡'라고 하면서 신의 안구를 핥는다든가 하면 스트레스 포인트로 감점된다는 거지."

"유우, 굉장한 발상이네?! 리이는 그런 짓 안 하는데?!"

"글쎄, 어떨까?"

유우가 씨익 웃었고, 리아가 뺨을 볼록 부풀린다. 안구는 싫어…….

"그럼 지금부터 과제 시작입니다. 15시경, 원내 모니터에서 중간 발표를 할 예정입니다. 아까의 규칙만 지켜주신다면 무엇을 하시든 상관없습니다."

규칙에 대한 설명을 들으면서 나는 이 데이트에서 해야 할 일에 대해 생각했다.

이들 중 누구와 이혼하지 않고 일생을 완주할 수 있는지 가늠하기 위해, 이번 초면조와의 데이트에서 지켜봐야 할 것은 크게 두 가지.

'각각의 목적의 진위'와 '그것이 미래영겁 계속될 것인가'다.

해피.호르몬이라고 하는 것은 분명 일시적인 흥분이나 기쁨에 따라서 분비되는 것이겠지. '함께 있으면 즐거운 사람인지 아닌지' 정도는 측정할 수 있을지도 모른다.

그것이 연인에게 중요한 요소라는 것도, 결혼 생활에서 어느 정도는 빼놓을 수 없는 부분이라는 것도 알고 있다.

하지만 결혼은 엔터테인먼트가 아니다. 일시적으로 즐거우면 그만인 것은 아닐 것이다.

그러니까 재미있는지 아닌지의 판단은 내 몸에서 나오는 해피 호르몬 같은 것에 맡기도록 하고, 나는 나대로 그들을 더 잘 알아가는 데 집중하고 싶었다.

다만 거기에는 이 규칙의 허점이라고 할까 뭐랄까, 어쨌든 한 가지 큰 문제가 있는데…….

"한 가지 제안이 있어!"

내가 생각하는 사이에 유우가 손을 높이 들어 올렸다.

"다 함께 신한테 붙어 있어봤자 결국 끝까지 똑같은 포인트밖에 안 들어가니까 동점이 되고 말 거야. 그건 좀 무의미하지 않을까?"

"응, 그럴지도 모르겠네."

칸다가 호응했다.

"그러니까 한 명당 한 개씩 교대로 신과 단둘이 탈 놀이기구를 선택하자!"

"괜찮긴 한데, 그럼 본인 차례 외엔 밖에서 기다리고 있어야 한다는 거야?"

"다른 두 사람은 같은 타이밍에 타는 건 상관없지만 포인트 적립이 되지 않게 1m 이상 떨어진 자리나 다른 라이드에 앉는 걸로 하면 될 것 같아! 나는 뒤에서 영상 같은 것도 찍고 싶고. 그래서, 어때?"

"알았어. 찬성…… 인 걸로 괜찮을까? 신이치 군?♡"

쭈욱, 하고 내 왼팔을 잡아당긴다. 속고 있을 가능성은 없는가에 대한 부분을, 어떻게 보면 공평한 입장인 나에게 물어보는 거겠지.

"뭐, 괜찮지 않을까?"

"그럼 괜찮아!"

"나도 문제없어."

왠지 무조건적인 믿음이 간지러웠다.

뺨을 긁적이는 나는 차치하고, 유우가 만족스럽게 고개를 끄덕였다.

"그럼 순서를 정하는 제비뽑기를 할게! 자, 하나 골라!"

그렇게 말한 유우는 나무젓가락에 숫자가 적힌 즉석 제비 세 개를 꺼내 들었고, 각자 한 개를 집어 들었다.

"간다! 왕은 누굴~까!"

"그건 다른 거 아닌가?"

제비뽑기 결과, "리이는 2번이야아." "난 3번." "즉 내가 넘버원이네!"라는 이유로 유우→리아→칸다의 순서로 놀이기구를 고르게 되었다.

우선 유우의 희망에 따라 잇츠 어 미니멈 월드에 왔다. 배를 타고 온 세상을 둘러보는 여유로운 놀이기구다.

"유우, 꽤 수수한 걸 골랐네."

"의외네. 그럼 잘 다녀와."

그렇게 말한 칸다가 입구에서 손을 흔들었다.

"레오나, 너는 안 타?"

"응. 다음 내 차례 이후를 위한 비책이 좀 있거든."

"비책……? 뭐야, 그게?"

"아하하, 말하면 비책이 아니잖아. 뭐, 시부야는 즐기고 와. 메구로는 어쩔 거야?"

"리이는 갈 거야. 본전은 뽑아야지!"

의외로 타산적인 이유로 놀이기구에 참가한 아이돌 메구로 리아는 홀로 다른 배(우리 앞)를 탔고, 그것을 배웅한 뒤 우리는 다음 배에 올라타게 되었다.

"리이, 뭔가 생각했던 거랑 달라……"라며 고개를 갸우뚱한 채 전방으로 페이드아웃하는 리아. 그야 그렇겠지…….

"영차……."

작은 배에 오르자마자 유우는 소형 액션 카메라를 앞쪽 난간에 설치했다. 촬영을 정말 열심히 하네.

"그러고 보니 유우는 어떤 동영상을 찍고 있어? 불맛 야키소바 컵라면을 먹어봤다, 뭐 이런 거?"

"그게 신이 가진 유튜버의 이미지구나……. 하지만 그렇지. 너 내 동영상 본 적 없다고 했지?"

유우가 간단하게 설명했다.

"내가 경험한 여러 가지 일들을 액션캠이나 셀카 같은 걸로 찍고 편집해서 공개하고 있어. 기획해서 만든다기보단 밖에서 찍는 경우가 많은 것 같아."

"일상의 풍경 같은?"

"비일상의 풍경, 이지! 나의 인생은 매일이 비일상이니까! 스카이다이빙이라든가, 포복 전진으로 덕트를 나아가 본다든가…… 뭐, 불맛 야키소바 컵라면도 먹어보긴 했지만. '비일상 체험 유튜버'라는 느낌이야."

"호오……."

포복 전진으로 덕트를 기어가는 건 좀 재미있을 것 같은데…….

"근데 그럼 유우는 왜 이 놀이기구를 골랐어? 꽤 거리가 멀지 않아? 오히려 롤러코스터 같은 게 더 비일상적인 것 같은데."

배 밖에서 각국 주민을 본뜬 인형이 노래하는 것을 바라보며 질문했다.

"그야 뻔하지. 이 놀이기구가 제일 기니까."

"그렇구나…… 오?!"

문득 그쪽을 바라보니, 말 그대로 코앞에 빨려 들어갈 것 같은 커다란 눈동자가 있었다. 뭔가 비누향 같은 좋은 냄새가 나서 순간 아찔했지만 어떻게든 버텼다. 이 정도는 유혹 축에 들지도 않을 텐데. 미색에 현혹되어 본질을 잃어서는 안 된다.

"……나를 독점할 수 있는 시간이 길수록 해피 호르몬이 나올 때 본인이 포인트를 얻을 가능성이 높으니까? 아니면 동영상 소재를 오래 찍고 싶다든가?"

"둘 다 조금씩 정답이라는 느낌이네."

애써 냉정을 유지하며 대답하는 나에게 유우는 그 자세 그대로 이야기를 이어갔다.

"네가 어떤 사람인지 더 알아두고 싶어. 어쨌든 우리들이 경쟁하고 있는 '히어로'인 셈이니까."

"아하, 그런 거구나."

미소녀들에게 경쟁을 시키고 있는 이 녀석은 어떤 녀석인가? 라는 시청자들의 궁금증을 해소시켜주고 싶다는 것이겠지. 확실히 프로그램적인 의미에서는 중요해 보였다.

"그러니까 이것저것 물어볼게. 우선 신은 왜 이 유학에 참여했어?"

"웨딩 비즈니스를 발판 삼아 히라카와 그룹 전체의 사장이 되기 위해서. 그러기 위해서는 결혼이 필요했으니까."

"그럼 왜 히라카와 그룹의 사장이 되고 싶은 거야?"

"그건……."

나는 조금 머뭇거리다가, 그녀의 빛나는 눈이 기대하고 있을 것 같은 대답을 들려주었다.

"……일본 제일의 경영자가 되고 싶으니까."

"일본 제일! 너도 좋은 목표 가지고 있었네."

유우는 만족스럽게 고개를 끄덕였다. 아무래도 정답을 뽑은 것 같다.

정확히는 일본 제일이 아니라 아버지가 현재 일본 제일의 경영자이기 때문에 그것을 넘어서려면 새로운 일본 제일이 될 수밖에 없다는 뜻이었지만, 그와의 인연을 이야기한다고 해도 이해받을 것 같지는 않았다.

"그래서, 이 유학을 통해 어떤 사람과 결혼하고 싶어?"

"평생 차원으로 이해가 일치하는 사람."

"평생 차원으로? 이해? 그게 뭐야?"

"글쎄."

평생 차원에서 이해가 일치한다는 것이 좋다는 건 알지만, 그 자체가 무슨 말인지 솔직히 난 아직 모른다. 나로서는 그것을 알기 위한 유학이기도 했다.

"그보다 이건 별로 할 만한 이야기는 아니네. 유우에게만 힌트를 주는 건 공평하지 않잖아. 다 같이 있을 때 이야기하는 게 낫지 않을까?"

"그럼 굳이 장시간 놀이기구를 선택한 의미가 없잖아!"

"일부러 그런 거야⋯⋯?"

동영상 촬영을 빙자해 중요한 정보를 알아내려고 했다는 건가?

"뭐, 어때! 이건 오늘 승부에도 중요한 거야. 지금부터 신이 가장 즐거울 수 있도록 원내를 돌아다닐 계획을 세워야 하잖아? 그러기 위해서는 신이 좋아하는 거나 싫어하는 걸 물어봐야지, 안 그래?"

"그런가? 이런 데서 눈에 띄는 메인 놀이기구는 대충 정해져 있지 않나?"

"무슨 소릴 하는 거야?"

내 말에 유우는 어이없다는 듯이 눈을 가늘게 떴다.

"너는 그 파크의 핵심이라는 이유로 무서운 걸 싫어하는 사람에게 롤러코스터를 권할 거야? 고소공포증이 있는 사람에게 관람차를 권해?"

그리고 그 검지를 내 가슴팍에 찔렀다.

"신은 신이지 그 밖의 일반인이 아니니까 다수결로 신의 취향이 바뀌는 건 아니잖아? 나는 네가 가장 즐거웠으면 좋겠어."

"오오……!"

불시에 정론이라고 할지, 이상적인 감동 멘트 같은 대사가 튀어나와서 당황하고 말았다.

"뭐야, 그 놀란 얼굴은. 나를 아무 데나 널린 귀여운 여자아이라고 생각한 건 아니겠지?"

"귀엽다는 건 인정하는구나?"

"당연하지. 스스로가 귀엽고 멋있다는 걸 긍지로 여기며 살고 있으니까. 아, 당연하지만 외모 이야기는 아니다?"

"내면의 이야기야?"

"삶의 형태를 말하는 거야!"

그렇게 가슴을 펴고 당당하게 웃는 그녀는 확실히 귀엽고 멋있었다.

"그러니까 널 최고로 즐겁게 해주기 위해서라도 네가 좋아하는 걸 알려줘. 좋아하는 놀이기구라든가, 좋아하는 음식이라든가."

그 당당함은 인정한다.

"하지만 역시 그걸 유우한테만 알려주는 건 불공평하잖아. 청렴결백이라는 말까진 안 해도, 만약 그게 작전이라면 적어도 교환 조건…… 즉 나에 대한 메리트 제시가 필요해."

"좀 답답하긴 하지만, 그것도 그러네……."

흐음…… 하며 고민하는 얼굴을 한다. 표정이 시끄러운

유우가 가끔 얌전한 표정이 되면 역시 이 사람도 미소녀라는 사실을 깨닫는다.

그렇게 생각한 것도 잠시.

그녀가 씨익 이를 드러내며 웃었고, 뭔가 우쭐한 표정이라고 할까, 어쨌든 자신만만한 표정으로,

"알려주면."

한껏 뜸을 들이고는 입을 열었다.

"나는 널 평생 행복하게 해줄 거야!

"아니, 그런 추상적인 거 말고."

"흐엑?!"

내가 곧바로 부정하자 진짜로 깜짝 놀라는 유우. 왜 그러는데.

"행복하게 해준다는데? 왜 안 돼?"

"너무 막연하잖아. 좀 더 구체적인 메리트를 나한테 제시해 줘."

"음…… 신은 뭐가 좋은데? 메리트로 느끼는 걸 알려줘."

"그건 다시 첫 번째 질문으로 이어지는 거잖아……."

"으아~ 복잡한 소리 하지 말아줘!"

유우가 머리를 싸매고 소리쳤다.

"나는 좀 더 단순한 게 좋아! 신이 나랑 같이 오길 잘했다고 생각해 주길 바라는 것뿐이야! 이건 그런 승부인 거잖아?!"

"……그건, 그럴지도 몰라."

적어도 세 명에게는 그런 승부임이 틀림없다.

"이제 됐어. 다른 애들이 물어보면 알려줘도 되니까!"

멱살을 잡아 끌어당긴다.

"어쨌든 지금은 나한테 신이 좋아하는 걸 알려줘!"

"촬영 분량은 전혀 안 나왔지만! 그래도 신의 경향과 대책을 알았어!"

"리이는 전혀 재미없었어……."

투덜거리며 나오는 우리를 놀이기구 출구에서 반겨주는 이가 있었다.

"수고했어, 세 사람 모두."

"카, 칸다, 그건……!"

현역 여고생 여배우는 무려 한 고등학교의 체육복을 입고 있었다.

"어때? 잘 어울려?"

"오, 오오……."

붉은색에 흰 선이 들어가 있을 뿐인, 기능성을 중시한 것 같은 그 의상은 일반인이라면 촌스러웠겠지만 역시 칸다 레오나. 거룩할 정도로 잘 어울렸다.

"히라카와가 좋아할 것 같아서 로커 쪽에서 갈아입고 왔어. 어때?"

"내, 내가 좋아한다는 걸 어떻게 알고……!"

큰일이다. 똑바로 못 쳐다보겠어.

시선을 향하면 체육복 특유의 두꺼운 옷감을 들어 올리고 있는 저 풍만한 곳에 시선이 가버릴 것 같았고, 칸다는 아마도 순식간에 그것을 알아차리겠지.

등 뒤로 양손을 맞잡은 칸다가 시선을 피하는 내 얼굴을 장난스러운 표정으로 들여다보았다.

"히라카와는 중, 고등학교 다 똑같은 남고였지? 예전에 인간 관찰이라고 할까, 연기를 위해서 프로파일링 공부를 한 적이 있거든. 그래서 남고 학생들이 제일 좋아하는 코스튬은 여자 체육복이 아닐까 싶었는데. 아니야?"

"그건, 확실히……."

거리를 걸으면 교복을 입은 여자는 볼 수 있었다. 하지만 중·고등학교 내내 남학교를 다닌 남학생에게 체육복을 입은 여자는 거리에서 볼 수조차 없는 신격화된 존재였다.

우리 학교에 다니는 남자 중에는 '체육복은 고구마 같단 말이지'라고 말하는 녀석도 있지만, 그들은 아무것도 모른다.

"그리고 이런 소매를 좋아하고. 아니야?"

그녀는 체육복 소매로 손바닥을 살짝 가렸다.

"모, 모에 소매*……!"

"아하하, 이렇게 결과가 눈에 보이니까 뭔가 성취감이 있네. 이 옷으로 참가한다면 조금 앞서갈 수 있으려나?"

---

*소매가 길어 손바닥을 살짝 가리거나 덮는 형태의 소매를 뜻하는 신조어.

"감사합니다……."

"아하하, 뭔가 감사를 들어버렸네."

계책이 성공했기 때문인지, 기세등등한 얼굴로 웃는 칸다.

"아니, 뭐랄까……."

"신, 너 최고로 기분 나빠……!"

그 옆에서는 완전히 싸늘한 얼굴이 된 두 사람이 있었다. 이 녀석들도 전혀 모르네.

"그건 그렇고 뭐야! 다음은 리이 차례인데! 레오나, 쓸데없는 짓 하지 마!"

"아하하, 미안해. 이렇게까지 효과가 있을 거라고는 나도 생각 못 했거든."

"자, 가자. 여자 체육복 좋아하는 변태 씨!"

리아는 내 팔을 잡고 볼을 부풀린 채 걷기 시작했다.

그리하여 씩씩대는 리아와 함께 롤러코스터 스타일의 놀이기구, 빅 라이트닝 마운틴을 타게 됐는데.

"신이치 군, 괜찮아……?"

"아아, 미안……."

한심하게도 내가 멀미를 해 버려서 나가기 직전 냉방이 잘 되는 벤치에 앉아 조금 쉬게 되었다.

"저기, 스트레스 호르몬 나올까……?"

"그렇겠지……."

"그렇겠지이⋯⋯."

리아가 얼굴을 찡그렸다. 그야 당연하다. 롤러코스터라는 파크의 꽃을 골랐는데 그것이 도리어 원수가 된 셈이니까. 세 명 중 1번밖에 돌아오지 않는 타이밍에 마이너스 포인트를 얻어 버리면 초조할 것이다.

"롤러코스터를 못 타는 줄은 나도 몰랐어. 미안해."

"신이치 군은 잘못 없어⋯⋯ 어쩌지⋯⋯ 음~, 역시⋯⋯."

그렇게 말한 리아는 내 왼쪽 허벅지 위에 오른손을 얹었다.

익숙하지 않은 감촉에 반사적으로 몸이 움찔하고 반응하는데,

"⋯⋯오?♡"

그것을 그녀는 놓치지 않던 모양이다.

무슨 생각이 들었는지, 다른 손도 더해 마사지하듯 비벼 온다.

"이, 이봐, 리아⋯⋯."

"신이치 군, 기분 좋아?♡ 해피 호르몬이 콸콸 나오는 것 같아?"

"아, 아니⋯⋯."

쩔쩔매고 있는데 시기적절한 타이밍에 유우와 칸다의 목소리가 들려왔다.

"잠깐! 롤러코스터 멈춘 거 봤어!"

"오, 히라카와, 메구로, 혹시 즐기는 중이었어?"

아무래도 출구에서 역행해온 것 같았다.

"아아, 방해꾼들이 와 버렸네, 유감이야♡."

리아는 말과는 달리 입맛을 다시며 그 손을 휙 떨어뜨렸다.

"자, 다음은 레오나 차례야. 뭘 탈 거야?"

출구 부근에서 유우가 칸다에게 물었다.

"으음, 나도 여기에 온 건 처음이라 어떤 게 2인승인지 전혀 모르겠네. 뭔가 연기 같은 걸 볼 수 있고 시원한 게 좋을 것 같은데. 뭐가 좋을까, 시부야?"

잘 모른다는 것치고는 아까 잇츠 어 미니멈 월드 출구를 잘 알았네.

유우는 "어려운 질문을……" 하며 고민하는가 싶더니, 뭔가를 떠올린 사람처럼 씨익 웃고는 추천하는 기구를 입에 담았다.

"'혼티드 팰리스' 같은 건 어때? 출연진도 상당한 연기파라고 들었어."

"연기파? 와, 재밌겠다. 그럼 그걸로 할까?"

"둘이서 다녀와. 다른 라이드에 타면 영상도 못 찍는 타입의 어트랙션이니까 나는 다음에 데려갈 만한 곳을 리허설하고 있을게."

"리이도 그렇게♡."

　유우의 히죽거리는 얼굴과 리아의 명랑함이 묘하게 마음에 걸렸지만, 칸다는 개의치 않았고 결국 단둘이 혼티드 팰리스를 타게 되었다.

　줄 서 있는 사람이 없었기에 곧바로 입구까지 당도했다. 유난히 음침한 직원이 어두운 얼굴을 하고 "어서 오세요, 저희 궁전에……"라며 마중을 나왔다.

　"뭔가 여기 직원, 유난히 안색이 나빠 보이는데? 아까까지 만난 직원은 전부 다 흥이 넘쳤는데…… 아아~ 그렇구나?"

　내가 말하고 나는 곧바로 짐작했다. 혼티드(Haunted)는 아마도 유령에 홀린, 이라는 의미였던 것 같다.

　그러니까 여기는.

　"과연, 귀신의 집이라 그런 건가?"

　"……그렇구나, 한 방 먹었네."

　그 말에 반응한 칸다가 이마를 눌렀다.

　"칸다? 무슨 일이야?"

　"아, 응…… 시부야의 계책에 넘어가 버렸네. 애초에 귀신의 집은 공포감이라고 하는, 일종의 스트레스를 즐기는 거니까 해피 호르몬이 나오진 않을 거 아냐? 오히려 마이너스 포인트가 생길 수도 있는 거지."

　"듣고 보니……."

"저기, 히라카와. 돌아가지 않을래? 나 사실 귀신의 집은……."

칸다는 이마에 진땀을 흘리고 뺨을 경직시킨 채 왔던 길 쪽으로 후퇴했다. 그러나 바로 그때, 끼이익…… 하고 우리가 들어왔던 커다란 목제 문이 닫혔다.

"나갈 수가 없어……."

"……어서 오세요, 여러분, 잘 오셨습니다. 여기는 혼티드 팰리스……. 굳이 외진 곳에 있는 저주받은 궁전까지 오시다니, 정말 독특하신 손님이군요……."

"저주를 받은 곳인 줄은 몰랐단 말이에요……!"

유난히 앳된 말투가 되는 칸다. 음침한 직원이 이야기를 이어갔다.

"……그럼 이 앞으로 나아가 주세요. 앞으로 만날 일은 없겠지만요."

들어온 것과는 다른 문이 열리고 그쪽으로 가면서 칸다가 중얼거렸다.

"저런 무서운 대사를 무서운 연기로 잘도 말하네……. 여배우가 되면 성공하지 않을까, 저 사람."

"칸다 레오나의 보증수표라니 굉장하네……."

"……저기, 히라카와. 뭔가 이런 거, 영악하다고 생각할지도 모르고, 내 캐릭터도 아니지만……."

칸다는 눈물을 글썽이며 내 왼팔에 매달렸다.

"이렇게 있어도 될까……?"

연기일 가능성이 있다는 것을 알았지만, 상대는 국민급 미소녀다. 그녀의 울먹이는 겉모습에 더해진 그 대사는 역시 약간의 동요를 일으켰고,

"……알았어."

나는 그렇게 한 마디 쥐어 짜내는 것이 고작이었다.

혼티드 팰리스는 막상 뚜껑을 열어보니 귀신의 집이라고 하기엔 전혀 무섭지 않은 놀이기구였다.

어둠 속을 나아가는 라이드. 그곳에 여러 유쾌한 유령들이 찾아와 "헬로!"라든가 "요오!"라고 말할 뿐이었다.

그런데도 칸다는 내 왼팔에 바싹 매달린 채.

"아까 말하다 말았는데, 칸다 이런 거 잘 못 봐?"

"……뭐, 익숙하진 않아. 내 영화 데뷔작 알아? 『원념소녀』라고 하는데."

"아, 공포 영화."

그러고 보니 그녀는 소녀 유령 역으로 각광을 받았었지.

"맞아, 그 작품 사실 캐스팅에 없던 여자애가 나와서 각본에 없는 대사가 들려. '살려줘……'라고. 공포 영화 속에 섞인 논픽션 심령 영상으로 살짝 화제가 됐거든. 그 이후로 귀신은 질색이라……."

"그렇구나……."

"맞다, 히라카와."

"응?"

달칵, 하는 소리와 동시에 손목이 조금 가벼워졌다.

그녀가 내 스마트 워치를 빼버렸다.

"이러는 편이 나을 것 같아. 히라카와가 스트레스를 받는다고 해도 나에게 마이너스 점수가 되는 셈이니 시부야에게 속은 나로서는 조금 납득할 수 없고, 만약 히라카와가 나와 붙어 있어서 해피 호르몬이 나왔다고 해도, 이런 건 뭔가 미인계 같아서 불공평하잖아? 규칙상으로는 문제가 없겠지만, 히라카와 입장에서는 바람직하지 않다고 할까."

"으음……."

절반 정도는 수긍이 가는 부분이 있어서 나는 잠시 고민했다.

아니, 하지만.

"……안 돼."

내가 고개를 젓자, "그렇구나, 알았어" 하며 그녀는 다시 내 왼쪽 손목에 스마트 워치를 채워주었다.

제안한 것에 비해 순순히 따르는구나, 라고 생각한 그때, 칸다의 진의를 깨달았다.

어두움. 공포. 유난히 세세한 조건.

"……역시 명배우야."

나는 어이없는 얼굴로 그녀의 왼쪽 손목을 잡았다.

"……아."

그리고 어둠 속에서 그녀를 바라보았다.

"칸다. 한 가지 거래를 하자."

그 후 세 명과 순서대로 놀이기구를 탔다.

그중에서도 유우의 코디 실력에는 감탄이 절로 나왔다.

단순히 놀이기구를 타는 것만이 아니라, 놀이기구 뒷이야기 같은 걸 알려주거나 사진을 찍을 거면 여기 서면 좋다든가, 몇 번째 자리에 앉으면 물을 안 맞는다거나, 반대로 맞는다거나, 그런 것을 가이드받으며 돌아볼 수 있었다.

"어떻게 그렇게 가이드를 잘해?"

넷이서 늦은 점심을 먹고 있을 때 그렇게 물어보자 그녀는,

"디아슬리는 일본 제일의 핫한 명소니까. 몇 번이나 와봤고 그때마다 여러 가지 일들을 시도하고 있어."

라고 답했다. 역시 인플루언서는 다르구나…….

"지식으로는 못 당하겠네. 나랑 메구로는 직업상 별로 와본 적이 없으니까 좀 불리하지 않을까?"

"그러게……. 리이는 딱 한 번 일 때문에 온 적 있지만."

"그래? 무슨 일?"

"피피 군과 피니 양이랑 같이 춤추는 일."

"그게 뭐야! 리아, 너 굉장한 경험을 했구나!"

몸을 앞으로 내밀며 달려드는 유우. 좋은 녀석이잖아.

중간 발표가 있기 15시 전, 원내 메인 모니터 앞으로 돌아왔다.

체감상 1위는 유우가 아닐까 생각하지만…….

세 사람이 마른침을 삼키고 지켜보는 가운데, 세 사람의 현재 가지고 있는 포인트가 표시되었다.

메구로 리아 님: 400
칸다 레오나 님: 1,200
시부야 유우 님: 1,000

"레오나가 1위?! 어떻게 한 거야……?"

"나도 진짜 놀랐어. 1위는 시부야라고 생각했는데…… 하지만 그렇다면 그 이유는…….."

나는 스스로가 한심해서 고개를 숙였다.

"신이치 군, 체육복을 얼마나 좋아하는 거야……?!"

"입으로는 내가 좋다는 식으로 말했으면서 몸은 정직하네……!"

유우, 말투 좀! 하고 생각했지만, 사실이라서 반박할 수 없었다.

"……이제 슬슬."

리아가 나직이 중얼거렸다.

"메구로?"

"……아, 아무것도 아니야! 다음은 리이 차례네! 점수 되 찾아야지!"

꾸며내듯 웃는 얼굴을 짓는 리아.

거기서 나는 살짝 손을 들어 제안했다.

"일단 쇼핑 좀 하고 화장실에 들러도 될까?"

쇼핑을 위해 매점에 들렀다가 화장실에서 나오자, 칸다 가 그곳에서 기다리고 있었다.

"유우랑 리아는?"

"시부야는 '다음 어트랙션을 어디로 할지 골라올게'라던 데. 메구로도 '갈 곳을 확인하고 올게'라면서 일단 나갔어."

칸다가 두 사람의 목소리와 말투를 따라 하며 알려주었다.

"역시 여배우, 정말 똑같네……."

"허투루 경험을 쌓아온 게 아니니까."

"쓸데없는 곳에서 재능을 발휘하는구나."

가벼운 대화를 주고받고는,

"그래, 그럼…… 힘내."

칸다가 입구 근처를 가리켰다.

"공주님이 데리러 왔어."

리아가 돌아오고 있었다.

리아는 자연스럽게 내 손을 끌고 걸어갔다.

"저기, 어디 가는 거야?"

"리이가 아니면 데려갈 수 없는 곳♡."

"그런 놀이기구가 있어?"

"에헤헤, 어트랙션이 아니야. 리이, 실은 백야드에 들어가는 방법을 알거든. 리이는 레오나랑 똑같이 밖을 당당하게 걸으면 큰일이 나니까. 직원…… 피피 군이나 피니 양을 뒤집어쓴 사람들이 사용하는, 다른 사람에게는 발견되지 않는 경로를 알고 있어."

"호오……."

그렇구나, 그렇게 나오는 건가. 사실 나도 흥미가 있었다.

참고로 피피 군과 피니 양이라는 건 디아슬리 랜드를 상징하는 토끼 캐릭터를 말한다.

"마침 여기로 들어가는 거야♡."

리아는 화장실 옆, 벽돌로 된 벽 앞에 놓여 있는 사용하지 않은 팝콘 수레를 드르륵 밀었다.

"응?"

"지금부터가 진짜야♡."

리아가 아무 굴곡이 없어 보이는 벽의 일부, 아주 조금 거무스름한 벽돌 한가운데쯤을 누르자.

"오오……?!"

아슬아슬하게 1명이 들어갈 수 있을 정도의 틈이 한순간 벌어지더니 바로 닫혔다.

이 순간을 노려 들어가는 것 같았다.

"숨겨진 문이라는 건가?"

"맞아, 굉장하지? 그럼 신이치 군이 먼저 들어가."

나는 침을 삼키고 벽돌을 밀고 들어갔다. 그러자 바로 뒤에서 리아가 들어왔다.

"오오……!"

"놀랐어?"

그곳은 백야드 통로가 아니라 대기실 같은 곳이었다. 그리고 이 맞은편이 무대인 것 같았다. 무대로 통하는 문은 굳게 닫혀 있었다.

대기실에는 전구로 둘러싸인 거울과 의자가 몇 개. 그리고 책상 위에는 열쇠가 놓여 있었다. 다시 문을 보자 열쇠 구멍이 나 있는 것을 깨달았다.

아무래도 안쪽에서 열쇠를 사용해 잠그는 구조인 것 같았다. 그도 그럴 것이 바깥쪽에는 열쇠가 없었으니 누군가 들어간 후에는 안쪽에서 잠글 필요가 있다. 그렇지 않으면 우연히 그 벽돌을 누른 사람이 이 장소의 존재를 알게 될 테니까.

"역시 꽤 머리를 썼구나……."

"그렇지? 리이도 그렇게 생각해♡."

그렇게 말하면서 리아가 열쇠를 집어 들었다.

"아니, 정말 굉장한데……."

내가 바보 같은 얼굴로 소감을 이야기한, 그때.

찰칵 소리가 났다.

"……리아?"

"가둬버렸다아♡."

리아는 열쇠를 힐끗 보여주고는, 그 열쇠를 본인의 셔츠 속——그 풍만한 가슴 골짜기——에 넣어버렸다.

"허?"

"저기, 신이치 군? 리아랑 5초 동안 이야기하는데 얼마가 드는지 알아?♡"

수상쩍게, 그리고 유난히 요염하게 미소 지은 리아가 다가왔다.

"어? 5초? 갑자기 뭐야?"

"1,500엔이 들어♡. 5초짜리 악수권을 하나 얻으려면 CD 한 장을 사야 하니까."

그리고 그 풍만한 가슴을 짓눌러오듯 몸을 정면으로 밀착시키고는 내 가슴팍을 검지로 매만진다.

"있지, 신이치 군?♡"

리아는 그대로 내 가슴에 손을 얹은 채 지척에서 가만히 응시해 왔다.

"스킨십을 통해서도 해피 호르몬이 나오지?♡"

"아, 응, 그건, 아마 그렇겠지만……."

"그러니까 말이야."

쿵쾅거리는 심장. 브레이크가 듣지 않는다.

"넘버1 아이돌 메구로 리아의 첫 키스를 줄게♡"

"키, 키스……?!"

"상상해 봐, 신이치 군."

리아는 자신의 입술에 검지를 대고 강조했다.

"지금까지 수백만 명이 아무리 많이 사도 구할 수 없었던 메구로 리아의 첫 키스를, 신이치 군에게 주는 거야. 최종적으로 리아를 선택해 준다면, 그 뒤도…… 알지?♡"

"왜, 그런 걸…….."

"앞으로 할 일이 얼마나 가치 있는 것인지, 신이치 군이 더 잘 알아준다면 해피 호르몬이 더 많이 나오겠지?♡"

지척에 있는 입술, 몸에 전해지는 감촉.

뇌가 녹을 것 같다. 이성이 열기 속에서 형태를 잃고 걸쭉하고 끈적한 액체처럼 변해가는 것을 느꼈다.

분명 이대로 받아들여 버리면 정직한 내 몸은 해피 호르몬 같은 것들을 대량으로 분비하게 될 것이다.

아니, 오히려 현재 상태에서도 분명 대량으로 분비되고 있겠지.

"……그건 안 돼."

하지만 나는 이곳에 그런 것을 하러 온 것이 아니었다.

"……뭐?"

나는 결혼 상대를 찾으러 왔다.

이혼하지 않고 계속 함께 있을 수 있는 사람을, 여기까지 찾으러 온 것이다. 그리고 제일 속내를 읽지 못한 리아와 단둘이 대화할 수 있는 타이밍에 내가 할 일은 스킨십 같은 것이 아니었다.

"……저기, 리아. 모처럼 단둘이 있으니까 대화를 하자."

"대화……?"

리아가 미간을 찌푸렸다.

"제대로 듣고 싶었어. 왜 리아는 그렇게까지 해서 이기고 싶은 거야?"

"좋아해서 그런 거라고 말했잖아……? 아이돌을 그만두면서까지 온 리이한테 그런 걸 물어보는 거야?"

"응. 리아의 진의를 모르겠어. 나를 좋아해서 그렇다고 말하긴 하지만, 나를 좋아해 주는 의미를 모르겠어. 우리는 만난 적도 없잖아?"

"만난 적은 없어도, 리이를 진심으로 사랑해 주는 남자애들은 잔뜩 있는데?"

대화가 맞물리지 않는다. 자꾸만 피해버린다. 이대로는 안 된다.

어쩔 수 없어, 작전을 바꾸자.

땀에 젖은 손으로 살며시 그녀의 양어깨를 잡았다. 2초 명상.

"……그럼 리아는 나를 얼마나 좋아해?"

"얼마나? 아주 많이 좋아하는데?♡"

"그래? 그럼 나한테 어디까지 허락해 줄래?"

"어디까지, 라니……. 뭐, 뭐야…… 부끄럽게♡."

리아의 표정에 당황스러움이 드러난 것을 나는 놓치지 않았다.

"좋아하면 키스 다음도 허락해 주는 거지? 아까 그렇게 말했었잖아?"

"무, 물론이지?♡ ……그, 키스보다 뒤는…… 뭘까나?"

"음…….."

조금 고민하다가 용기를 내어 말해보았다.

"……가슴을 만진다든가."

"뭐어?"

순간 허를 찔린 듯한 얼굴을 보인 리아는 에헷, 하고 웃는 얼굴로 덮어버렸다.

"……아…… 그으…… 지금?♡"

"그래, 지금."

땀에 젖은 어깨, 나도 성대하게 손에 땀을 흘리고 있었다.

"어때, 괜찮지? 자, 간다."

"자, 잠깐만…… 너무 조급해할 필요 없는데?♡ 그, 그러니까, 리이는 키, 키스하고 싶어!♡"

"나는 가슴이 좋아."

"어, 엉큼해······. 역시 변태였구나······."

깬다는 얼굴. 어쩔 수 없다, 어쩔 수 없다······.

"어째서? 방금 리아가 그렇게 말했잖아?"

"그, 그렇긴 한데······!"

떨리는 어깨는 달콤한 긴장감이 아닌, 순수한 두려움으로 느껴졌다.

······당연하다. 어떤 의미로는 본인이 여지를 준 셈이니까.

나는 살며시 그녀의 가슴에 손을 내밀었다.

"으응······!"

달콤한 한숨과 함께 굳어버리는 몸.

"저기."

그리고 촉촉한 눈동자가 나를 바라보며, 각오를 담은 안광과 함께 말했다.

"······만지게 해 주면 마지막까지 남겨줄 거야?"

······미안, 리아.

나는 마음먹고 그녀의 가슴에 손을 넣었다. 그리고.

눈에 핏발을 세운 채 열쇠를 꺼냈다. 아슬아슬하게 안 만졌어! 안 만졌다고!

"······뭐야?"

나는 그녀에게서 거리를 벌렸다. 아니, 내 심장이 못 버티니까!

"거, 거짓말······?! 말도 안 돼! 열쇠를 가져가기 위해 날

속인 거야?! 어떻게 그런 짓을 해?!"

"'어떻게 그런 짓을 해?!'는 내가 할 말이야!"

자신을 끌어안고 나에게 항의의 눈물을 보이는 메구로리아. 그것은 일반적인 상황이었다면 꽤 선정적인 광경이겠지만, 지금은 그럴 때가 아니었다.

"리아가 진심을 말해 주지 않는다면, 나는 여기서 나가겠어!"

"기, 기다려!"

나는 열쇠 구멍에 열쇠를 꽂고 뺀 다음 문을 눌렀다.

하지만.

"허?"

"어?"

……그 문은, 꿈쩍도 하지 않았다.

"……안 열려."

"뭐……?!"

리아가 문으로 달려가 문을 밀었다.

"진짜 안 열리잖아?!"

조금 전까지 "가둬버렸다아♡"라고 말했던 리아지만, 상황이 뒤바뀌어 갇힌 형태가 되고 말았다.

"거짓말이지……?"

"……최악이야."

1시간 정도 지났지만, 아직도 우리는 갇혀 있었다.

뒷문을 두드리거나 소리를 질러봤지만, 아무래도 꽤 두꺼운 문으로 되어 있는지 밖으로 목소리가 전해지는 기색은 없었다.

애초부터 나와 리아 외에는 십여 명의 직원과 주조 씨와 칸다와 유우밖에 없는 것이다. 정상 영업일 때라면 몰라도 전세 상태에서 이런 외진 곳에 일부러 직원이 올 것 같지도 않았다.

그리고 이 문은 안쪽에서는 열리지 않는 구조로 되어 있었다.

다만 들어올 때 밖에서는 열 수 있었으니까, 밖의 누군가가 알아차린다면 분명 도움을 받을 수 있을 것이다. 지금은 그것을 바랄 수밖에 없다.

"너무 더워……."

"그러게……."

지금은 8월. 에어컨은 본부 쪽에서 관리하고 있는지 사용하지 않는 대기실은 찜통 상태가 되어 있었다.

조금 전까지 퉁명스러운 태도를 취하고 있던 리아도 더위를 이기지 못하고 책상에 힘없이 축 늘어져 있었다. 땀이 흥건한 셔츠 위로 속옷이 비쳐 보여서 나는 살짝 시선을 피했다.

"우리 이대로 여기서 죽을지도 몰라."

"거짓마알……."

이런 비상시에도 늘어지는 어미는 변하지 않는 것을 보면 그 부분은 본모습인 것 같았다. ……살짝 말투가 거칠어진 리아에게 무의식적으로 약간 심장이 두근거리고 말았다. 반대 모습에서 오는 갭모에라는 건가.

나는 핸드폰을 꺼내서 보란 듯이 화면을 눌렀다.

"뭐 하는 거야? SIM도 없어서 아무와도 연락할 수 없는데? 머리가 이상해졌어? 바보야?"

전언 철회. 너무 과하다.

뭐, 여기서 순순히 달려들어 주는 것은 감사하긴 했지만.

"유서를 쓰고 있어."

"……유서어?"

나는 고개를 끄덕였다.

"내가 죽어도 유서가 있으면, 그…… 전하고 싶었던 마음은 전할 수 있잖아. 리아는 없어? 남겨두고 싶은 말이라든가, 그 상대라든가."

"리이는 딱히, ……어? 써두는 편이 좋을까?"

"딱히 탈출할 수 있으면 지우면 되니까. 남기지 않는 쪽이 더 무섭지 않아?"

"음, 그럴지도 몰라. 리이도 쓸래……."

리아는 또다시 순순히, 전파가 연결되지 않는 스마트폰에 문자를 넣기 시작했다.

"뭐라고 쓸 거야? '앞서 가는 불효를 용서해 주세요'라고?"

"뭐어? 그런 말을 왜 써?"

진심으로 싸늘한 '뭐어?'를 듣고 말았다.

"그런 거 아니야. 리이가 번 돈이 제대로 진짜 가족에게 가도록 할 거야."

"진짜 가족……?"

"……아무것도 아냐. 더워서 헛소릴 했어."

말이 과했다고 생각한 것일까. 리아는 한숨을 쉬고 입을 다물었다.

"리아. 그런 거라면 스마트폰으로는 안 돼."

"어?"

나는 유산 상속의 기본적인 부분을 설명해 주었다.

"내가 아까 말했던 건 유서인데, 유산 상속 지시를 하는 건 유언서야. 이건 비슷한 것 같지만 전혀 달라. 유서에는 법적 효력이 없어. 그리고 유언서는 자필, 즉 손글씨가 아니면 안 돼."

"뭐어……? 그럼 리이가 지금 죽으면 리이가 벌었던 돈은 어디로 가는 거야?"

"그야 뭐, 가족한테 가겠지."

"……가족이라니? 같이 사는 사람이라는 뜻이지?"

리아의 목소리가 한 톤 낮아졌다.

"아니, 같이 살든 안 살든 상관없어. 피가 이어진 부모님을 말해. 만약 형제자매가 있더라도, 그쪽으로는 가지 않아."

"……그런 건, 절대로 안 돼."

리아가 서늘한 말을 내뱉었다.

"어쩌면 좋지?"

"종이랑 펜이랑 도장이 있어야 해. 그러니까 여기서는 유언서를 쓸 수 없어."

"최악이야……! 어떻게든 해줘……! 리이, 이대로면 그동안 아이돌을 열심히 해 온 의미가 없어……!"

필사적으로 내 가슴팍을 잡고 흔드는 리아의 얼굴을 보고 나서야 나는 그녀의 본질에 조금 가까이 다가간 기분이 들었다. ……여기를 자극하면, 어쩌면.

"그럼 유언장을 적을 방법을 생각해 볼 테니까, 리아의 사정을 자세히 알려줘."

"정말, 도와주는 거지?"

"응, 물론이지."

……좋았어. 나는 마음속으로 주먹을 쥐는 포즈를 취했다.

"너무 무겁게 받아들이지 않았으면 좋겠는데…… 리이한테는 아빠가 없어. 없다고 할까? 없어졌어. 사장님으로 있던 회사가 도산해 버려서…… 그대로 증발했다고 할까?"

"그렇구나."

되도록 아무렇지도 않게 대답했다.

나도 어머니를 일찍 여의었기 때문에 이런 이야기가 성

119

가시다는 것은 알고 있다.

말하고 싶지 않다기보단, 자신이 평범하다고 생각하는 상황에 대해 과도한 동정을 받는 것이 두려웠다. 그 각오를 다지느라 정신이 소모되는 것이다.

"그래서 엄마와 여동생 아야메랑 셋이서 살거든? 엄마는 리이와 아야메를 기르기 위해 파트타임으로 일하기 시작했고, 리이는 가능한 한 빨리 스스로 돈을 벌 방법이 없을까 생각했어."

"그게 아이돌이었다는 말이야?"

"그런 거지."

리아는 "뭐, 그렇지만" 하고 말을 이었다.

"보통 아이돌은 양성소에 다니거나 하는데, 오히려 그게 돈이 더 많이 들어서 대부분은 부잣집 애들이 하는 경우가 많아. 봄플리 애들도 다 부잣집 아이들이었어. 물론 다들 착한 애들뿐이었지만."

봄플리라는 것은 리아가 센터를 맡고 있던 아이돌 그룹 『봄내음 플리츠』의 약칭이다.

"그래? 그럼 아이돌이 되는데 고생했겠네?"

"리이한테는 엄마한테 받은 이 본바탕이 있었으니까."

그녀는 장난치듯 가슴을 펴지도 않고, 지극히 진지한 얼굴로 사실을 담담하게 전하고 있을 뿐이라는 식으로 말했다.

본바탕. 그것은 아마도 얼굴뿐만 아니라 스타일이나 목

소리 등을 포함한, 리아에게 갖춰진 선천적인 특징을 말하는 것이겠지.

"그렇다면 남은 건 그걸 살리면 돼, 그렇지?"

"그러기 위해서도 피나는 노력이 있지 않았을까?"

"그건 그렇지만, 가족을 부양하기 위해서니까."

리아는 어른스러운 미소를 지었다. '가족을 부양하겠다'라고 15세 소녀는 그렇게 말했다.

"……즉, 그것이 이 연애 유학에 참여한 이유라는 건가?"

"……그런 거야."

리아는 생각보다 담백하게 인정했다.

"아이돌은 미래가 불투명하니까. 언제까지 현역으로 남아 있을지 알 수 없다고 할까? 하지만 보통 일의 정년으로 따지면 아직 한참 남은 셈이잖아? 남들보다 못 버는 시기가 4, 50년은 더 많아질지도 몰라. 아이돌 시절에 모아놓은 돈으로 그렇게 오랫동안 살아가는 건 무리야."

"그렇다고 나랑 있으면 미래가 보장되는 것도 아니잖아. 경영에서 크게 실패할 수도 있고. 말 그대로……."

나는 조금 말하기를 주저하다가 결국 말을 이었다.

"……리아의 아빠랑 똑같이."

"알아, 하지만 그건 리아랑은 별로 상관없어."

"상관없어?"

예상 밖의 말에 나는 고개를 갸우뚱했다.

"이 타이밍에 약혼까지 할 수 있다면 리이가 대학에 가기 위한 돈을 지원받을 수 있을 거야. 그러면 자립해서 살아갈 힘을 기를 수 있잖아?"

천진난만함 속 깊은 곳에서 총명함이 느껴지는 표정으로,

"리이는 스스로 돈을 벌 수 있게 되고 싶어."

그렇게 덧붙였다.

"거기까지 생각하고 있었던 건가……."

"그것밖에 생각하지 않아. 그래서 고등학생 때 약혼하고 싶어. 반대로 지금 약혼을 할 수 없다면 의미가 없다고 생각할 정도로. 그것이 리이가 이 유학에 참여한 이유."

"……그렇구나."

리아는 "아아, 말해 버렸네" 하며 쓴웃음을 지었다.

"왜 처음부터 그걸 말해주지 않았어?"

"신이치 군은 돈 때문에 본인에게 다가온 사람을 골라줄 거야?"

그럴 리가 없잖아, 라며 마른 웃음을 짓는 리아에게 나는 솔직한 감상을 전했다.

"돈 때문에 맺는 계약관계가 뭐가 나빠?"

"……뭐?"

내 대답이 진심으로 의외였던 것인지 눈을 동그랗게 뜨는 리아.

"원래 비즈니스라는 게 그런 거잖아. 나도 지금 스스로

살기 위해 돈을 벌고 있으니까 돈의 중요성은 어느 정도 알아. 하지만 다니는 곳은 사립 고등학교다 보니 물 쓰듯이 돈을 펑펑 쓰는 동급생을 보고 몇 번이고 이를 악물었어."

멍하니 있는 리아를 보며 말을 이었다.

"내 경우는 태어나서 중학교 때까지의 생활이나 교육 환경이 축복받았던 건 사실이야. 머리가 좋다는 자각도 있어. 리아가 말하는 본바탕이지. 그걸 무기로 삼고 싸우고 있다는 자각도 있고. 하지만 그렇기 때문에, 자신이 무기로 삼을 수 있는 것을 전부 사용해 제대로 벌고 있는 리아를 진심으로 존경스럽다고 생각했어."

"정말……?"

"응."

고개를 끄덕였다. 이것은 나의 진심이다.

"리아가 굉장히 멋있다고 생각했어."

"신이치, 군……!"

리아는 눈을 부릅뜨고 내 이름을 부르더니 뭔가 떨쳐내듯 고개를 젓는다.

"따, 딱히? 그런 걸로는 리이, 아무렇지도 않은데? 리이는 일본 제일의 아이돌이니까 그렇게 쉽게 넘어가지 않는다구……! 그, 그래도 '귀엽다'는 말을 많이 듣는데, '멋있다'는 말은 별로 들어본 적 없어서 조금 놀랐을 뿐이랄까……."

뭔가 알 수 없는 말을 중얼중얼하기 시작했다. 아니, 생각지도 못한 반응에 내가 더 놀랐지만…….

"……어, 어쨌든! 그러니까 리이의 돈이, 그 남자의 빚을 갚는 데에 쓰이지 않도록, 제대로 엄마와 여동생에게만 유산이 가도록 해 줬으면 좋겠어. 할 수 있을까?"

"아니, 못해."

"엑?! 방금 말했으면서?!"

나의 즉답에 리아가 표정을 바꾸고 눈을 부릅떴다.

"말했지? 종이랑 펜이랑 도장이 없으면 유언장을 만들 수 없다고."

"그러니까 그걸 어떻게든 해줄 거라고 생각해서 전부 말한 건데……! 최악이야……!"

울먹이며 노려보는 리아.

"뭐, 처음부터 유언장 같은 건 쓸 필요 없어."

나는 살짝 몸을 일으켰다.

그리고 자신의 역사상 가장 멋진 미소를 지으며 말했다.

"리아. 내 위에 올라타지 않을래?"

"뭐어?! 징그러워!"

신랄!

상처를 받으면서도 나는 주머니에서 꺼낸 라이터를 리아에게 내밀었다.

"라이터 켜는 법 알아?"

"아는데 왜? 이렇게 미친 듯이 더운데 불을 켜다니 제정

신이야? 더위에 머리를 얻어맞기라도 했어? 뭘 하려고? 그건 그렇고 라이터를 갖고 다녀? 흡연자는 아니지? 리이, 아빠였던 사람이 담배를 피워서 흡연자는 정말 싫어."

무섭다. 무서워. 엄청 화났잖아. 아까 순간적으로 쉬워졌던 리아, 제발 돌아와.

"흡연자 아니야. 스무 살도 안 됐고. 이런 일이 있을까 싶어서 아까 매점에서 사뒀거든."

"이런 일이라니……?"

"가둬지는 일."

"뭐어……?"

물론 내가 상정했던 것은 리아에 의해 갇히는 것이었고, 리아도 함께 갇히는 경우는 생각하지 못했지만.

"무슨 말인지 이해가 안 가서 무서운데……? 무슨 소리야?"

"여기서 불을 피울 거야."

나는 천장을 가리켰다. 거기에는 화재경보기와 스프링 클러가 달려 있었다.

"불이 난다면 외진 곳이라도 어딘가에 그것이 알려질 테니 구조가 오겠지."

"그렇구나……. 뭐야, 빨리 좀 말하지!"

"리아와 마음을 터놓고 대화해 보고 싶었으니까."

내가 다시 한번 멋진 미소를 지으며 말하자, 리아가 내

125

정강이를 걷어찼다.

"리이, 화장실 엄청 참고 있었는데?!"

그녀가 울먹이는 눈으로 외쳤다. 그건 미안…….

내가 쪼그리고 앉자 리아가 살짝 어깨에 올라탔다.

"으아, 신이치 군의 머리, 땀 때문에 미끄러워……!"

"나도 리아의 땀 때문에 볼이 불쾌하니까 피차일반이야."

"뭐? 리이의 허벅지 땀인데? 오히려 보상이지? 차라리 마시지 그래?"

"이봐, 아이돌……."

정확하게는 전 아이돌인가?

"이걸로 성공 못 하면 진짜 죽인다?"

"이걸로 성공 못 하면 어차피 죽어."

리아의 허벅지에 낀 채로 죽을 수 있다면 더 바랄 게 없겠다고 생각하는 녀석이 이 세계에 얼마나 많을까. 나는 아니지만. 진짜로.

"간다……!"

"그래."

리아가 라이터에 불을 붙여 스프링클러 근처에 다가갔다.

몇 초 뒤.

삐리리리리리!

요란한 소리와 함께 천장에서 샤워기 형태의 물이 쏟아졌다.

"헉, 뭐야, 세기가 엄청난데?! 신이치 군, 빨리 내려줘!"

"아, 응......!"

내 어깨에서 내려온 리아가 두 팔을 벌려 물을 온몸에 받았다.

"아하하! 기분 완전 좋아!"

"......그러게."

물보라 너머에 있는 저 미소가 만약 가짜라면, 역시 좀 상처받을 것 같다.

"왜 히죽거려?! 신이치 군 때문이잖아?!"

"내 잘못은 아니지, 절대."

"아니, 신이치 군 때문이야! 하지만."

리아는 편안한 모습으로 미소 지은 채 말을 이었다.

"......아주 조금, 개운해졌어♡."

"그래?"

뭐, 나도 좋은 모습을 본 기분이었다.

"......아, 신이치 군, 어떡하지? 물을 맞으니까 좀 위험할 것 같은데."

"어? 왜?"

그 말을 듣고 그녀를 보니,

"다른 쪽이 시원해질 것 같아......!"

"......어?"

내가 눈을 부릅뜬 다음 순간, 문이 열렸다.

"잠깐만, 신, 괜찮아?! ……이 상황은 뭐야?!"

"오, 히라카와랑 메구로, 이번에야말로 즐기는 중이었어?"

"실례!!"

그 사이를, 묘하게 아저씨 같은 말을 외치며 리아가 뛰쳐나갔다.

……늦지 않기를.

탈출에 성공하자 정확히 18시가 되기 직전이었다.

큰 모니터 앞에 네 사람이 나란히 섰다.

이번에는 주조 씨도 함께였다.

"여러분, 충분히 즐기신 것 같아 다행입니다."

"즐겼다고 할 수 있는 건가? 이걸. 결국 중간 발표 이후로 신이랑 한 번도 못 놀았는데. 저기 있는 변태녀 말고는 포인트 변동도 없잖아?"

굉장히 불쾌하다는 듯이 유우가 말을 뱉었다.

"변태녀라고 했어?! 리이도 피해자야!"

"메구로, 그건 무리가 있지 않을까?"

칸다가 미소 지으며 가격해 왔다.

"그럼 발표하겠습니다. 우선 이쪽이 중간 발표 때의 점수입니다."

메구로 리아 님: 400

칸다 레오나 님: 1,200

시부야 유우 님: 1,000

대형 디스플레이에 방금 전 포인트가 표시되었다.

"문제는 리아가 얼마나 포인트를 벌었는지인데……."

"그럼 우선 메구로 리아 님의 포인트를 발표하겠습니다."

리아가 손을 잡았다.

"메구로 리아 님…… 400포인트."

"헉, 변하지 않았어?! 어째서?! 리이, 신이치 군에게 가슴도 바쳤는데?!"

"말투 좀!"

그리고 아슬아슬하게 안 만졌거든!

리아가 내 젖은 옷을 잡고 앞뒤로 흔들었다.

"어째서 리이랑 있을 때 해피 호르몬이 안 나온 거야?! 그 정도로 싫었어?! 그런 일이 가능해?!"

"아니, 아마 해피 호르몬은 나왔을 거야."

"그럼 어째서……?!"

옆에 서 있던 칸다가 히죽, 하고 입꼬리를 올렸다.

"그럴 수밖에, 메구로."

"허……?"

"중간 발표 직후, 히라카와랑 내가 스마트 워치를 교환해 뒀으니까."

"뭐어······? 신이치 군, 왜 그런 짓을 한 거야아?!"

"그건······."

매달리는 리아. 나는 팔짱을 낀 채 우뚝 서서 당당하게
선언했다.

"내가 모태 동정이기 때문이다!"

""······?""

"아하하하······!"

예상치 못한 선언에 멍한 얼굴을 한 유우와 리아. 눈꼬
리를 닦으며 폭소하는 칸다.

"나는 이번 시험에서 '누구와 함께 있는 것이 즐거울까'
라는 것과 너희가 이 유학에 온 진의가 궁금했어. 하지만
누군가가 미인계를 쓴다면 그 둘 다 하지 못하게 될 우려
가 있었지."

"멋진 건지 한심한 건지 모르겠네······."

"그리고 누군가가, 아니, 리아가 그 작전을 써올 거라는
것도 알고 있었어. 해피 호르몬을 분비시키기에는 최적의
작전이었고, 리아는 빅 라이트닝 마운틴 출구에서도 그걸
시도해 왔었으니까. 하지만 그 타이밍이야말로 리아의 속
내를 살펴볼 기회라고도 생각했어. 그래서 칸다에게 스마
트 워치를 바꿔 달라고 부탁한 거야."

유우의 태클을 무시하고 설명을 이어갔다.

"그런데 왜 레오나한테 있는 거야······?"

"긴 소매 덕분에 숨길 수 있을 테니까. 평범한 교복이면 손목이 나와 있으니까 걸리잖아."

"그것뿐이야?!"

"그것뿐만은 아니야. 칸다는 처음에 스마트 워치를 나와 바꿔치기해서 자신과 보낼 때만 포인트가 들어가게 한다는 작전을 세웠거든."

"치사해?!"

리아가 눈을 부릅떴다. 치사한 건 리아도 똑같지만.

"혼티드 팰리스에서 무서워하는 연기로 히라카와한테 달라붙어서 그 틈에 바꿔치기하려고 했는데, 금방 들켰어. 그걸 위해서 체육복을 입은 건데 말이야. 덕분에 종일 체육복을 입고 디아슬리를 돌아다녀야 해서 민망했지 뭐야."

"그에 비해서는 표정에 안 드러나던데?"

"여배우니까."

"굉장해……!"

유우가 솔직하게 감탄했다. 좋은 녀석이잖아.

"그래서 그 작전을 중지하고 실격시키지 않는 대신, 스마트 워치를 딱 한 번만 교체해 달라고 부탁했어."

"흐에……."

감탄해야 할지 화를 내야 할지 망설이는 리아 옆에서 유우가 손을 들었다.

"하지만 결과적으로, 레오나와 나의 승부는 공평하게 진행됐다는 거네?"

"그런 거지."

"그럼, 이후의 발표에도 변화가 없다는 거잖아."

아마도 그럴 것이다. 분명 칸다가 이기게 되겠지. 체육복 효과로.

"그럼 이어서 발표해도 될까요?"

주조 씨가 끼어들었다.

"칸다 레오나 님…… 1,200포인트."

"봐, 아까랑 똑같아. 레오나의 작전승이네……."

그렇게 말하며 어깨를 으쓱하는 유우를 향해 주조 씨가 말했다.

"시부야 유우 님…… 1,500포인트."

""……어?""

유우와 리아, 내가 동시에 고개를 갸우뚱했다.

"레오나, 어떻게 된 거야? 히라카와의 스마트 워치는 네가 안 차고 갖고 다닌 거지? 그럼 포인트가 움직일 리가 없잖아!"

"아니, 그게…… 웃지 말고 들어줄래?"

눈썹을 축 늘어뜨리며 웃은 칸다가 설명했다.

"히라카와에게 스마트 워치를 맡아두긴 했어. 그대로 가방에 넣어두면 됐을 텐데, 뭐랄까…… 남자친구랑 시계를 교환하는 건 어떤 느낌일까 문득 궁금해져서 살짝 차봤거든."

"레오나의 남자친구 아닌데?"

"남자친구랑 시계를 교환하는 건 어떤 느낌일까 문득 궁금해져서 살짝 차봤거든."

어째서인지 같은 말을 한 번 더 하는 칸다.

"그러니까 왠지 잘은 모르겠지만 기쁜 마음이 들어서, 그때 가장 가까이 있던 시부야한테 내가 분비한 만큼의 해피 호르몬이 가산된 것 같아."

쑥스러운 듯 웃음을 짓는 칸다.

"칸다, 그런 식으로……."

"아하하, 부끄럽네. 아, 스마트 워치 돌려줄게."

그녀가 체육복 아래에 차고 있던 스마트 워치를 풀더니 나에게 돌려주었다.

"뭔가아, 시합에서는 지고 승부에선 이겼다는 느낌이네……?"

승부에서도 시합에서도 져버린 리아의 중얼거림이 한산한 놀이공원에 울려 퍼졌다.

"최고야! 캐릭터 전원이 이쪽을 봐주고 있어!"

유우가 퍼레이드를 향해 손을 흔들며 동영상을 촬영했다.

추가 데이트는 종료 직전 퍼레이드를 단둘이 즐기는 것이었다.

파크 중심부에 우뚝 솟은 샹그릴라성 바로 맞은편, 즉 언제든 성을 배경으로 퍼레이드를 볼 수 있는 곳에 설치된 특등석. 그 앞으로 캐릭터나 반짝반짝하게 장식된 대차(플로트라고 하는 것 같다)가 지나갔다.

"신. 그러고 보니 머리는 다 말랐어?"

캐릭터가 탄 플로트가 지나가고 일루미네이션과 음악만 흐를 무렵, 유우가 카메라를 내려두고 나에게 다가왔다.

"덕분에. 스웨트도 고마워. 살았어."

"당연하지, 내가 고른 건데."

나는 크림색 원단에 캐릭터 자수가 작게 들어간 상하 세트 스웨트를 입고 있었다.

교복이 땀과 스프링클러에 완전히 다 젖어버린 탓에 보다 못한 유우가 "그러다 감기 걸려"라고 말하며 선물해 준 것이다. 원내 특제 트렁크와 목욕 수건까지 세트로.

천진난만, 유아독존이라는 느낌인데 남을 잘 배려하는 사람이구나 싶어 솔직하게 감탄했다.

어느새 나는 순수하게 그녀에 대해 알고 싶어졌다.

"유우는 왜 유튜버가 되려고 한 거야?"

유우는 "뭐야, 갑자기?"라며 약간 쑥스럽게 웃었다.

"나는 내가 살아 있었다는 증거를 남겨두고 싶어."

"어……?"

그녀는 아무 일도 아닌 것처럼 말하지만, 말도 안 되게 중대한——그러니까 무겁고 큰 정보를 들은 것 같은데?

"유우…… 혹시 죽을 예정이라도 있는 거야?"

"응? 너는 죽을 예정이 없어?"

"어?"

질문의 뜻을 몰라 엉뚱한 목소리로 되물었다.

"너는 불로불사냐고 묻는 거야."

"아니, 그렇지는 않은데……."

"알고 있어, 그런 건."

어이없는 눈빛과 함께 코로 한숨을 내쉬는 유우.

"내가 초등학교 때 성공률 70%의 수술을 받은 적이 있어. 선천적으로 좀 큰 병을 앓았거든."

"……그랬구나."

"신, 전신마취 해봤어?"

"아니, 없어."

어머니 병문안 때문에 병원에는 자주 다녔지만, 나 자신은 지극히 건강한 몸이었기에 그런 경험은 아직 해본 적이 없었다.

"전신마취를 하면 링거를 꽂은 다음 입에 산소마스크 같은 걸 씌워. 그리고 숫자를 세라고 해. '하나, 둘, 셋……' 하고. 세고 있는 동안 마취가 돌기 시작하면 말을 안 하니까, 그걸로 의식이 사라진 걸 확인하는 거야."

"그렇구나."

꼭 숫자가 아니더라도 가나다순으로 말해 주세요, 같은 것도 괜찮을 것 같다.

"보통 2에서 3 정도면 대부분 의식을 놓는다나 봐. 하지만 나는…… 10 넘게 세고 있었어. 의사 선생님이 마취가 안 된다고 초조해할 무렵에야 의식을 잃었대."

"효과가 잘 안 드는 체질인가?"

"아마 아닐 거야."

유우는 고개를 저었다.

"그때 난 잠들지 않기 위해 필사적이었거든. 성공률이 70%잖아? 반대로 말하면 30%의 확률로 두 번 다시 깨어나지 않을 수도 있다는 거야. 그렇게 생각하니까 무서워서 좀 더 이것저것 해볼 걸 하는 생각이 들었고…… 그러다 보니 멀어지려는 의식을 꽉 붙잡고 놓지 못했던 거야."

"두 번 다시 못 깨어난다, 라."

나는 잠시 상상해 보았다.

눈을 감고 잠들면, 더 이상 깨어나지 못할 수도 있는 상황을.

10번에 7번은 성공한다. 하지만 10번에 3번은 실패한다.

야구 타율이나 게임 기술 명중률의 이야기라면 모를까, 죽느냐의 사느냐를 앞에 두고 70%는 너무나 불안한 확률이었다.

"뭐. 그렇게 심각한 표정을 짓지 않아도 결과는 보다시

피 70% 쯤이 됐지만. 지금은 심신 모두 건강 그 자체야. 재발 우려도 거의 없는 모양이고."

"……그렇구나."

그 말에 난 의외로 깊은 안도감을 느꼈다.

"하지만 언제 죽을지 모른다는 건 앞으로도 똑같다는 걸 그때 깨달았어. 그렇다면 그때 후회하지 않도록, '아, 좋은 인생이었다'라는 생각을 할 수 있게 되고 싶어. 그러기 위해서 가능한 한 빨리, 되도록 많은 경험을 해둬야 한다고 생각해. 하고 싶은 일은 다 해 봐야 할 거 아냐?"

『너는 몇 살까지 살 생각이야?』

『그게 내일까지일지도 몰라. 그럼 경험하기 너무 이른 나이라는 건 없지 않을까?』

처음 만났을 때 유우가 했던 말의 의미를 이제야 이해할 수 있었다.

그렇구나, 그녀는 분명 매일을 인생의 마지막 날이라고 생각하며 살고 있는 것이다.

"그래서 살아 있었다는 증거라고 말한 거구나. 누군가의 **기억**에 남고 싶다고."

"눈치가 빠르네! 거기서 '**기록**으로 남겨둔다'고 말하지 않다니 제법인데?"

유우가 기쁜 얼굴로 미소 지었다. 뭐, 나도 어머니를 잃은 몸이니까.

"그래, 기억이야! 기록은 볼 수 없게 되면 끝이지만, 나의 동영상을 본 사람이 나의 기억을 지니고 있는 한 난 계속 살아있는 거지! 게다가 내 동영상이 계기가 되어 뭔가 다른 행동을 벌이는 사람이 있을지도 몰라. 그러면 그 행동의 결과 속에서도 나는 계속 살아있게 되는 거야."

그녀는 말과는 달리 눈을 눈부시게 빛내며 이쪽을 바라보았다.

"최고라고 생각하지 않아? 그래서 가능한 한 많은 사람에게 영향을 주고 싶어! 내가 보는 경치를 함께 봤으면 좋겠어! 그래서 유튜버를 하는 거야."

퍼레이드가 지나가자 불꽃이 피어올랐다. 그것을 올려다보며 그녀가 이야기를 이어갔다.

"나 불꽃놀이는 꽤 좋아해. 저런 불꽃놀이도 그렇지만, 특히나 동네에서 하는 불꽃놀이가 정말 좋아."

그 눈동자 위로 화려하게 펼쳐졌다가 눈부시게 흩어지는 빛이 드리웠다.

"불꽃놀이는 순식간에 사라져. 하지만 그 동네에 사는 고등학생이 불꽃축제 때 용기를 내서 불러낸 누군가와 결혼할지도 몰라. 불꽃축제에서 가게를 낸 젊은 부부가 그 돈으로 평생 추억에 남을 신혼여행을 갈 수 있게 될지도 모르지. 부모에게 이끌려 불꽃놀이를 보러 온 아이가 똑같은 감동을 주고 싶어서 불꽃놀이 전문가가 될지도 모르고. 그런 식으로 오래전에 흩어진 불꽃놀이조차 여러 사람에게 영향을 주면서 계속 살아가. 그 의미는 계속 남아 있어."

그 커다란 눈동자에 순간적인 반짝임을 비추면서,

"……그런 존재가, 나는 되고 싶어."

그녀가 힘 있는 어조로 중얼거렸다.

"……그렇구나."

"뭐, 그런 소릴 해도 가끔은 무섭기도 하지만? 언젠가 죽는 순간 '더 살고 싶었다'는 생각이 들까 봐."

표정을 바꾸고는 조금은 허망한 얼굴로 미소 짓는다.

……하지만.

"그게 전부 나쁜 건 아니지 않아?"

"무슨 뜻이야?"

"더 살고 싶은 인생이라는 건 즉, 끝나는 게 아쉬울 정도로 충실하고 즐거운 삶이었다는 거잖아? 그건 행복한 일 아닐까?"

"……!"

유우가 평소에도 큰 두 눈을 더 크게 뜨더니 이쪽을 물끄러미 바라보았다.

"……왜 그래?"

불안함이 들었다. 어쨌든 죽음과 삶에 대한 이야기다.

139

뭔가 눈치 없는 말을 한 것일지도 모른다는 생각에 긴장한 순간.

"그것도 맞네!"

유우가 그 얼굴을 말 그대로 코앞까지 갖다 대고는,

"그거 정말 멋진 생각이다! 내 목표를 180도 바꿔버릴 정도로!"

큰소리로 외쳤다.

"지금까지 내 목표는 '언제 죽어도 좋을 만큼 충실한 일상을 보내는 것'이었지만, 정정할게!"

그리고 웃는 얼굴로 선언한다.

"언제 죽는 날이 와도 '더 오래 살고 싶었다'고 생각할 정도로 최고의 인생을 보낼 거야!"

"그렇게 쉽게 바꿔도 되는 거야?"

"쉽게 바꾼 거 아냐! 신이 말한 거잖아!"

"그러니까 그걸 쉽다고 하는……."

말하다려다가, 곧 입을 다물었다.

목표를 표현한 방식은 180도 다르지만, 해야 할 일은 분명 같을 테니까.

기합이 들어간 것인지 유우가 벌떡 몸을 일으켰다.

"나, 역시 사랑도 결혼도 해보고 싶어! 그건 분명 더 오래 살고 싶어지는 마음일 테니까! 역시 고2라서 빠른 건 아무것도 없어."

"그 상대가, 나로도 괜찮은 거야?"

유우라면 원하는 상대를 얼마든지 골라잡을 수 있을 텐데.

"응, 신이 좋아!"

"......!"

웃으며 건넨 말에 돌직구가 돌아와서 할 말을 잃고 말았다.

"나는 신을 꽤 인정하고 있어. 자신을 위해, 자기 힘으로 열심히 살고 있잖아? 그건 쉽게 할 수 없는 일이라고 생각해."

그리고 유우는 나를 돌아보며 말했다.

"그래서 내 첫사랑 후보로 신을 선택했어! 어때? 영광이지?"

불꽃놀이를 등에 업고, 하얀 치아를 씩 드러내며 웃는 유우는 역광이라고는 생각되지 않을 정도로 반짝반짝 빛나는 얼굴을 하고 있었다.

제4장
나와 전 여친과 소꿉친구와 의붓동생이 이하 생략

"부부에게는 '함께 있을 때 가장 안정감을 느낄 수 있다'는 관계성이 무엇보다 중요하지 않을까요?"

도치기현에 있는 고급 휴양지 나스.

그 현관문인 나스 인터체인지에서 리무진으로 15분 정도 달린 곳에 지어진 로그하우스 현관문에서 주조 씨는 그렇게 말했다.

"뭔가 알 것 같아. 나도 신이치와 있을 때나 신이치를 주시할 때가 가장 안정되거든."

"'주시한다'에서 느껴지는 단어의 의미가 어쩐지 불온한 것 같은데…… 스토커라는 범죄 행위를 하는 중에 마음이 안정된다는 건 옳지 못한 일이야, 시나가와 씨."

"범죄 행위~?"

오사키 스미레의 당당한 지적에 시나가와 사키호가 고개를 갸웃하며 응수했다.

"오래전에 헤어져 놓고 미련이 남아서 이런 곳까지 온 퇴물 전 여친 주제에 뭐라고 하는 걸까?"

"미련 따위 전혀 없어. 나는 내 목적을 위해 온 것뿐이야. 내가 세상에서 유일하게 히라카와 군과 사귄 적 있는 사람이라는 이유로 눈엣가시로 보는 건 그만해 줄래, 일개 스토커 씨?"

"스토커인 게 뭐가 어때서? 그 덕분에 신이치에 대해 모르는 게 하나도 없는걸?"

"흐음? 정말로? 그럼 히라카와 군이 생애 첫 데이트에서 점심으로 뭘 먹었는지 알고 있겠네? 아, 물론 그 데이트는 나랑 간 거지만."

"와아, 저급한 도발이네. 그 정도는 당연히 알고 있어야 하는 상식 아냐?"

저급한 도발이다, 라고 말하면서 제대로 걸려든 시나가와 사키호 씨.

"참고로 오사키 스미레 입장에서는 어느 쪽을 인생 첫 데이트로 카운트하고 있을까? 사귀기 전의 학교 축제 시찰에 관한 거라면 1학년 3반의 타피오카 밀크티. 사귄 뒤의 첫 번째 오락실 데이트에 관한 거라면 치즈버거 세트에 사이드 메뉴는 포테이토M, 음료는 오렌지 주스. 맞지?"

술술 쏟아지는 정보에 오사키가 경악한 표정을 지었다.

"지, 징그러워……! 어떻게 그걸 다 아는 거야……."

"다 알진 못하는데? 신이치에 관한 것만."

"윽……. 히라카와 군, 이런 아이랑 어떻게 평범하게 대화하는 거야……?!"

믿을 수 없다는 얼굴로 나를 바라보는 오사키.

"하지만 오사키 스미레도, 정답을 알았다는 건 결국 둘 다 기억하고 있었다는 거지? 그만큼 소중한 기억이라는 거지? 미련이 있다는 건 인정하는 거지?"

"앗."

앗?

"난 기억력이 좋거든. 한번 일어난 일은 잊을 수가 없어. 그게 아무리 사소한 정보라고 해도 말이야. 머리가 너무 좋은 것도 곤란하다니까."

"지금 '앗'이라고 하지 않았어?"

"무슨 소리야……?"

"이해할 수 없어요. 어떻게 그렇게 계속 쓸데도 없는 이야기를 이어갈 수 있죠?"

앙숙인 두 사람이 노닥거리고(?) 있자, 그동안 잠자코 있던 내 의붓동생 마논이 지긋지긋하다는 듯 손을 들어올렸다.

"주조 씨가 말하는 도중이에요. 도중도 아니죠, 아직 한마디밖에 하지 않았어요. 그런데 그렇게 무익한 이야기를 끝없이 할 수 있다니 이해할 수 없어요. 오빠의 첫 데이트에서 한 식사 따위 아무래도 상관없습니다만."

""미, 미안해…….""

반박할 수 없는 정론에 두 사람이 사과했다. 마논이 이렇게 불쾌감을 드러내는 것도 드문 일이다.

"……참고로 아무래도 상관없지만, 오빠가 마논에게 처음 만들어준 밥은 생강구이이었어요. 두 분은 오빠의 수제 요리조차 못 먹어봤겠지만요. 뭐, 오빠랑 거의 둘이서 살았던 덕분에 매일같이 오빠의 손수 만든 요리를 먹을 수 있었던 마논에게는 아무래도 상관없는 일이지만 말이죠."

""수, 수제 요리……!""

물고 늘어지지 마. 수제 요리로.

"하아…… 주조 씨, 이야기를 계속해 주세요. 부부라면 함께 있을 때 가장 편안한 관계여야 한다, 라는 건 알았어요. 그걸 증명하는 게 별장에서의 숙박이라는 건가요?"

"네, 그렇습니다."

결말이 나지 않아 내가 말을 원점으로 되돌리자, 한동안 꿔다놓은 보릿자루 신세였던 주조 씨가 그것을 개의치 않고 담백하게 고개를 끄덕였다.

"디아슬리 랜드 데이트에서는 신이치 님의 해피 호르몬을 가장 많이 분비시킨 분이 우승했습니다. 이번에는 이곳, 나스의 로그하우스에서는 신이치 님을 가장 편안하게 하시는 분이 우승입니다."

"이번에는 편안함인가요?"

지난번 디아슬리 데이트와는 정반대의 지표처럼 느껴지지만, 확실히 그것도 부부관계에 있어 중요하기는 할 것이다.

"지금부터 오후 10시까지, 신이치 님의 스마트 워치로 신이치 님이 얼마나 편안한지를 측정합니다. 사람은 릴랙스 상태가 되면 뇌 내 부교감 신경계가 활발해져 심박수가 감소하고 혈압이 떨어지며 혈액의 흐름이 좋아집니다. 그 시간과 정도를 스마트 워치로 측정하게 됩니다. 그리고."

중요한 말을 앞두고 그녀가 잠시 틈을 두었다.

"신이치 님이 편안함을 느끼는 시간 동안 신이치 님 시야에 있는 사람에게 편안했던 수치만큼 포인트가 가산됩니다."

"가장 가까이 있는 사람이 아니라 시야에 있는 사람이요?"

디아슬리 때와는 포인트가 발생하는 사람의 선정 기준이 조금 다른 것 같다.

"네, 여러분 모두 한 지붕 아래에 숙박하고 있으니 물리적 거리는 거의 변하지 않으니까요."

"시야에 들어 있는지는 어떻게 판단하나요?"

이번에는 마논이 손을 들었다.

"개발팀에 따르면 '뇌가 떠올리는 사람'과 거의 동의한다고 합니다."

"그럼 사진이나 동영상을 보고 있어도 시야에 들어오는 것과 마찬가지라는 건가요?"

"그렇게 되겠군요."

사키호는 "그렇구나"라며 고개를 끄덕였다.

"정리하자면 신이치의 눈앞에서 신이치를 가장 오래, 깊게, 편안하게 만든 사람이 이긴다는 거네요?"

"네. 반대로 긴장하거나 흥분, 불안할 때 시야에 들어오시는 분들은 감점이 되니 주의해 주세요."

"미인계나 감금은 역효과라는 거네요……."

오사키가 작은 소리로 무서운 말을 중얼거린다. 리아는 둘 다 하려고 했지만 말이지…….

"그리고 대결에서 승리한 분께 【추가 데이트】권을 제공해 드립니다."

"맞아, 맞아! 그게 궁금했어요."

사키호가 기다리고 있었다는 듯이 손뼉을 치더니, "어?" 하고 고개를 갸우뚱했다.

"추가 데이트라고 해도 우승자가 결정되는 건 밤 10시인 거죠? 남은 건 자는 것뿐 아닌가요?"

"말씀하신 대로입니다. ……하지만 이쪽 별장은 좀 협소해서 방이 세 개뿐입니다. 저는 근처 호텔에 숙박할 예정인데, 방 하나가 부족하죠."

"방이 세 개라는 건 침실이 3개라는 거죠? 신이치, 나, 마논……. 셋이라 딱 맞는데요?"

"'셋이라 딱 맞는데요?'라니. 날 고의로 빠뜨렸잖아……."

아무렇지도 않게 오사키를 배제한 사키호의 말에 오사키가 관자놀이를 누르며 지적했다.

마논은 그 옆에서 그 작은 손을 접어가며 현재 상황을
정리했다.

"즉 3개의 방에 오빠, 사키호, 스미레, 마논 4명이 숙박
해야 하니까 방 한 개가 부족하다는 뜻이네요. 이해할 수
없어요⋯⋯. 아, 혹시?"

"네, 그렇습니다."

무언가 눈치챈 듯한 마논의 눈빛에 주조 씨가 고개를 끄
덕인다.

"우승한 분은 오늘 밤 신이치 님과 같은 방에 숙박하시
게 됩니다."

"히라카와 군과 동침⋯⋯!"

또 그런다, 오사키. '동침'이라는 고전적인 단어를⋯⋯
도도도동침?!

나는 황급히 손을 들었다.

"주, 주조 씨. 같은 방이라고는 해도 트윈룸이겠죠⋯⋯?"

트윈이라고 해도 같은 방인 시점에서 나에게는 자극이
너무 강하지만, 적어도 마지막 희망을 담아 확인했다. 하
지만.

"아뇨, 침대는 방에 각 1개씩 있고 소파나 이불 같은 것
도 준비되어 있지 않습니다."

"진짜냐고⋯⋯."

"진짜입니다."

"으헤헤, 신이치의 팔베개……!"

"흐음. 확실히 오빠와 같은 침대에서 잔 적은 없네요."

아직 우승하지도 않았는데 벌써 김칫국을 마시며 침을 흘리는 사키호와 볼을 살짝 붉히는 마논.

"그렇구나, 목욕탕까지 데리고 갈 수 있다면…… 아니, 하지만……."

그리고 불온한 대사를 진지한 얼굴로 작게 중얼거리는 오사키.

"어이, 오사키…… 모, 목욕이라니……."

"앗."

앗?

"난 매일 거의 반드시 욕실에 오리 인형을 가져가. 그게 그렇게 이상한 일인가? 이상한 일은 아니지?"

"아아, 응……."

당연히 '그 나이에? 그 캐릭터로?'라는 의문은 들었지만, 이 이야기를 더 이상 진전시키지 말라는 엄청난 압력이 느껴져서 일단 입을 다물었다.

"그럼 지금부터 시작입니다. 밤에 또 찾아뵙겠습니다."

나는 이번에도 이 별장 데이트에서 내가 해야 할 일을 생각했다.

실제로 이번 데이트 내용에는 납득이 가는 부분이 많았다.

이 유학을 통해 무사히 누군가와 이어져서 베리테의 사장이 된다고 해도, 그 후에도 히라카와 그룹의 톱을 목표로 나는 계속 달려가야 한다. 그때 내가 가정에서 가장 필요로 하는 것은 아마도 평온함일 것이다.

이혼하지 않고 지낼 수 있는 관계라는 의미에서도, 함께 있는 시간에 얼마나 마음이 안정되는가 하는 것은 중요한 관점이었다. 인생을 가장 오랜 시간 함께 보낼 상대이니 적어도 긴장이나 스트레스를 받는 상대는 안 된다는 것도 이해가 갔다.

이번에는 이들을 굳이 외면하거나 따로 고민할 필요 없이, 자신의 몸이 측정해 주는 릴랙스 수치에 몸을 맡기는 것이 상책일 것 같았다.

반대로 말하면 규칙을 벗어나는 행동에서는 스스로를 보호할 필요가 있다는 뜻이기도 하지만.

나는 다시금 참가자 세 명——오사키 스미레, 시나가와 사키호, 히라카와 마논을 바라보았다.

음, 세 명 다 뭔가 해 올 것 같은데…….

처음엔 넷이서 나뉘어 로그하우스를 탐색했다.

"1층에 주방과 거실과 다이닝, 2층에 침실이 있는 구조 같네요"라고 마논이.

"2층을 보고 왔는데 침실에는 각 방에 더블베드가 한 개

씩 있고 작은 테이블 하나랑 욕실과 화장실밖에 없는 것
같아. 욕실은 침실에 있는 것뿐이고 화장실은 1층에도 있
어"라고 오사키가.

"주방에 식기나 조리기구는 있는데 냉장고는 텅 비어 있
어. 뭐라도 사러 다녀와야겠네……"라고 내가 말하자,

"집 주위를 한 바퀴 돌아보고 왔는데 건물 옆에 오토바
이 딱 한 대밖에 없었어. 그걸로 이동하라는 뜻인가?" 현
관으로 돌아온 사키호가 말했다.

그보다 뭐랄까, 이 상황과 정리 방식, 마치 추리하며 발
견한 힌트를 정리해 나가는 느낌인데. 여기서 밀실 살인
같은 게 벌어지는 건 아니겠지……?

"히라카와 군."

"응? ……어?"

어느새 옆에 서 있던 오사키가 내 귓가에 손을 뻗어와,
반사적으로 피하고 말았다.

그 순간, 라벤더 같은 향이 훅 풍겨왔다.

"그렇게 겁먹지 마. 머리에 실밥이 묻어 있길래 떼어준
것뿐이야."

내 머리에 묻어 있었다는 실밥을 보여준다.

"……향수. 그때랑 달라지지 않았구나."

"어머, 기억하고 있었어?"

오사키는 후후, 하고 미소 지었다.

"옛 연인의 향기를 잊지 못했구나, 히라카와 군은. 미련이 남은 건 어느 쪽일까?"

"아니, 으음……."

원래라면 뭔가 되받아쳐야 할 상황이었지만, 다시금 코끝을 간지럽히는 그 향기에 내심 동요하고 있었다.

사귀고 있을 때 그녀는 향수를 뿌렸었다. 중학생치고는 드문 향기였기에 내가 한번 그 사실을 언급한 적이 있었다.

『이 향, 내가 필로우 미스트에 쓰는 거랑 거의 똑같거든. 마음을 진정시켜주는 향이라 긴장할 때나 마음이 들뜰 때 사용하고 있어.』

『긴장을 해? 왜?』

『짓궂은 질문이네, 히라카와 군.』

그리고 그녀는 말했다.

『좋아하는 사람과 단둘이 돌아다니면 나라도 긴장되고 들뜨는 법이야.』

그날 오사키가 지었던 수줍은 미소가 떠올라 나는 머리를 흔들었다.

"신이치~?"

스윽, 오사키와 나 사이에 사키호가 끼어들었다.

"미니멀리스트인 신이치의 짐은 이 배낭뿐이지? 내 방으로 가져갈게? 내가 이길 예정이니까 괜찮지?"

"아아, 응. 어……?"

"시나가와 씨, 아직 네가 이긴다고 결정된 건……."

"네, 네, 알고 있다고요."

라벤더 향에 취해 있는 내 팔을 잡은 사키호가 울컥한 얼굴로 속삭였다.

"하여간, 신이치. 정신 좀 차려."

오사키의 말대로 누가 이길지는 아직 알 수 없었기에 일단 여자 세 명이 각각의 방을 확보해 두고 결과 발표 후 이긴 사람의 방으로 내가 가게 되었다.

짐 정리를 간단히 마치자 거실에 있는 비둘기 시계가 시각을 알려주었다. 13시다.

"아까 히라카와 군이 말했던 대로 저녁거리를 사러 가야 하는데, 도보 거리 내에는 편의점도 슈퍼도 없어. 이동 수단은 오토바이뿐이야. 이 중 혹시 오토바이 면허 있는 사람 있어?"

오사키가 고개를 갸우뚱하자 사키호가 히죽거리는 미소를 지었다.

"어라~? 몰라~? 그렇구나, 오사키 스미레는 '중학교 시절'의 '전' 여친이니까 몰라도 어쩔 수 없나~?"

"……뭐야?"

"글쎄, 뭘까아?"

"하아…… 됐어. 말 안 해도 돼. 그 말로 대충 눈치챘으니까. 히라카와 군이 16살이 된 후로 면허를 땄나 보네."

"뭐, 그런 거지."

자기 일이었기에 옆에서 응수했다.

신문 배달이나 음식 배달 등, 면허를 따서 효율적으로 돈을 벌거나 시급을 올리는 아르바이트생은 의외로 많다.

배달도 하는 패스트푸드점 아르바이트를 할 때 면허를 따면 가게에서 보조금을 받을 수 있다고 해서 그때 딴 것이었다.

"그럼 히라카와 군은 가기로 하고, 또 한 명 누가 갈지 정해야겠네."

"가위바위보?"

손을 꼬고 주먹 안을 들여다보려는 사키호의 손목을 "잠깐만, 시나가와 씨" 하고 오사키가 잡았다.

"왜?"

"넌 사퇴하는 게 어때? 사실 히라카와 군과 가는 건 상책이 아냐."

"내가 그런 거짓말에 속을 거라 생각했어? 가능한 한 오래 신이치의 시야에 들어가는 게 유리하니까 신이치와 있을 수 있는 시간이 긴 편이 유리하잖아?"

사키호가 얼굴을 찌푸리자 오사키는 한숨과 함께 고개를 저었다.

"거짓말이 아냐. 긴장하고 있을 때 같이 있지 않는 게 좋다고 했지? 냉정하게 생각하면 바로 알 수 있어. 쇼핑하러 같이 갈 사람은 히라카와 군이 오토바이를 운전할 때도 함께 있어야 해. 사람을 태우고 오토바이를 운전하는 사람이 편안할 수 있을 것 같아?"

"그건 확실히……? 으음……?"

"이해할 수 없어요."

납득할 뻔하다가 여전히 납득하기 어려워하는 사키호 옆에서 마논이 인상을 찡그렸다.

"마논도 스미레 씨 말대로 오빠와 같이 쇼핑하러 가는 게 불리하다고 생각해요. 쇼핑하는 중에 편안한 기분이 들 것 같지도 않고요. 그런데 스미레 씨는 왜 그런 조언을 해주는 거죠? 사키호 씨도 마논도 사퇴하게 되면 스미레 씨가 가게 되는데요. 스미레 씨는 가고 싶은 건가요?"

"그건……."

합리적인 의심에 주춤거리는 오사키에게, 사키호가 다그쳤다.

"그것도 그러네? 오사키 스미레, 어째서야? 속셈이 있다는 생각밖에 안 드는데?"

"속셈 같은 건 없어. 다만 나는 두 사람의……."

그러자 그녀는 조금 망설이는가 싶더니 말을 이었다.

"두, 두 사람의…… 그, 그래, 너희 둘의 현 상황과 비교해서 불리하다고 생각해. 동거한 적도 있는 마논 씨와 소꿉친구 시나가와 씨. 정상적으로 지낸다면 편안한 상대는 너희 둘이겠지. 그래서 약간의 위험을 감수하고라도 나는 히라카와 군과 보내는 시간을 늘려야 한다고 생각했어. 그 뿐이야."

오사키는 유난히 빠른 어조로 말을 이었다.

"……그래. 오사키 스미레가 하고 싶은 말은 알겠어."

"시나가와 씨……!"

사키호의 말에 오사키의 눈에 희망의 빛이 켜졌다.

"그럼 가위바위보를 할까?"

"뭐?"

하지만 다음 순간 그 눈동자에 물음표가 드리워졌다.

"저기, 시나가와 씨? 내 말 들은 거 맞아……? 그러니까 네가 사퇴하면 된다는 뜻인데……."

"저기 말이야, 오사키 스미레?"

다시금 사키호가 '바보 아냐?'라는 듯한 얼굴로 쏘아붙였다.

"나는 신이치에게 인식된 상태에서 쇼핑 데이트를 하고 싶을 뿐이야."

"오빠에게 인식되지 않는 상태의 쇼핑 데이트가 있다는 듯한 말투네요……."

내 말이…….

무사히 슈퍼에 도착하자, 그녀가 장바구니를 든 나를 따라왔다.

"오빠, 걸음이 좀 빨라요."

"아, 미안……."

결국 가위바위보에서 승리한 것은 마논이었다.

그 후 둘이서 가위바위보를 시작하려던 사키호와 오사키에게 '마논, 여기선 꼭 이기고 싶어요. 마논은 보를 낼 거예요'라는 식으로 심리전을 시도하였고, 그녀는 말한 대로 보를 내서 혼자 승리를 차지했다.

"저기, 마논은 가위바위보에 참여하지 않는 거 아니었어?"

"이해할 수 없어요. 그런 말은 한마디도 안 했어요. 오빠를 따라가는 것이 불리하다고 말했을 뿐이에요."

"오빠를 따라가는 게 불리하다고 방금 말했잖아……."

뭔가 다른 거야.

"애초에 마논이 스미레 씨나 사키호 씨 중 한 명과 단둘이 한 지붕 아래에 있는 상황을 견딜 수 있을 거라 생각하나요?"

"역시 신부 후보들끼리는 사이가 안 좋은가?"

"물론 사이가 좋지는 않지만, 그런 것보다도 마논이 단둘이 있을 수 있는 상대는 오빠뿐이라는 얘기예요."

마논이 못마땅한 듯 입술을 삐쭉 내밀며 말했다.

"게다가 마논은 어떻게든 다른 사람에게 방해받지 않는,

오빠와 단둘뿐인 시간을 갖고 싶었어요."

"아, 응……."

꽤 멋진 소리를 하고 있었지만 마논은 여전히 담백한 표정이다. 말을 그 자체로만 받아들이면 나를 좋아하는 것 같긴 한데…….

"이해할 수 없어요. 왜 얼굴을 붉히는 거예요? 뭔지는 모르겠지만 어쨌든 마이너스 포인트가 되니까 이쪽 보지 마세요."

"좋아하는 건지 미움받는 건지 잘 모르겠네……."

"좋고 말고의 문제가 아니에요. 다른 사람에게 방해받지 않는, 오빠와 단둘이 있을 시간을 갖고 싶었을 뿐이에요. 여러 번 말하게 하지 마세요."

"알았어……."

뭐, 방해받지 않는다는 부분이 이뤄질지 어떨지는 모르겠지만.

"그래서 뭘 살 거예요?"

"아아."

나는 종이 두 장을 꺼냈다.

불공평한 일이 발생하지 않도록 두 사람에게 사야 할 목록을 받은 뒤 내가 책임지고 모든 것을 꼭 사가기로 했다. 마논에게 맡기면 사지 않거나 바구니에 담은 것을 뺄 가능성이 있기 때문이었다.

오사키의 메모는 아주 평범한 흰 종이에 적혀 있었지만, 사키호의 메모는…….

"이해할 수 없어요. 이런 걸 잘도 태연히 건넸네요……."

그것을 보고 마논이 얼굴을 찌푸렸다.

사키호의 메모는 그녀 자신의 셀카 사진 여백에 적혀 있었기 때문이었다.

아무래도 주조 씨와의 대화에 있던 '사진이나 동영상으로도 시야에 들어갈 수 있다'는 법칙을 이용해, 쇼핑에 동행한 마논이 아니라 자신을 내 시야에 들어오게 해 포인트를 가산하려는 작전인 것 같았다.

"어째서 사키호 씨는 본인의 사진 따위를 갖고 다니는 거죠? 자신을 엄청 좋아하는 건가요?"

"아…… 사키호랑 나랑 가장 최근에 찍은 투샷이라던데."

"투샷……? 이 사진 어디에 오빠가…… 우와."

사진 속에서 나를 발견했는지, 마논이 어울리지 않는 목소리를 냈다.

그도 그럴 것이 나는 뒤쪽에 상당히 작게 나와 있을 뿐이다. 동물원에서 사진 찍을 때, 조금도 가까이 다가오지 않는 동물이라도 이보다는 더 가까울 것이다.

"도촬이잖아요……."

"뭐, 그렇지……."

하아, 하고 한숨을 내쉬고는 다시 걷기 시작한다.

그건 그렇고 이렇게 둘이서 슈퍼를 걷고 있으니까…….

"그건 그렇고 이렇게 둘이서 슈퍼를 걷고 있으니까."

마논이 내 마음속과 똑같은 말을 해 와서 조금 웃음이
났다.

"마논도 그렇게 생각했어?"

"오빠도 똑같이 생각했어요?"

"응."

그리고 마논과 나는 동시에 중얼거렸다.

"남매라는 느낌이네."

"부부 같네요."

어?

내가 놀라고 있는데 마논이 서서히 뺨을 붉게 물들였다.

"마논, 저기……."

"이해할 수 없어요. 섬세함이라는 게 없나요, 오빠는?"

휙, 하고 이번에는 그 나이대의 여자다운 표정으로 마논
은 고개를 돌리고 말았다.

"소시지 좀 드셔보세요."

토라진 마논과 함께 조금 걷다 보니 판매원 여성이 말을
걸었다.

"그럼 잘 먹겠습니다."

"가난이 몸에 뱄네요. 쇼핑 리스트에는 없잖아요……?"

망설임 없이 손을 뻗자, 초3 이후로 부유한 가정에서 자라온 여동생이 어이없다는 눈으로 바라봐온다. 뭐가 나빠. 공짜로 먹을 수 있는 건 먹어둬야지.

나는 직원한테 이쑤시개에 꽂힌 소시지를 받아들고 입에 집어넣었다. 탱탱한 탄력과 함께 그 안에서 뜨거운 육즙이 튀어나왔다.

"맛있어……!"

"와아……!"

내가 무심코 입을 벌리자, 직원이 탄성을 뱉었다.

"정말 맛있게 드시네요! 저는 구운 것뿐이지만 기뻐요!"

직원이 생글생글 웃어 보였다.

"왠지 손님은 밥을 해 주고 싶어지는 얼굴이네요!"

쿵! 하고 조금 멀리서 뭔가 떨어지는 듯한 소리가 났고, 동시에 마논이 약간 까치발을 들더니 내 귓가에 속삭였다.

"……이 사람, 뭔가 도둑고양이 같은 냄새가 나요."

"여자친구분도 어떠세요? 소시지예요."

"……"

마논은 입을 다문 채 가만히 직원을 보더니 내 뒤에 숨어버렸다. 고양이네.

자신이 모르는 상대와 대화하는 것을 극단적으로 싫어하는 버릇은 아직 고쳐지지 않은 것 같다.

"수줍음이 많은 여자친구시네요? 남자친구분께 딱 붙으

셔서! 귀여워요!"

"음, 이 녀석은 여친이 아니에요…….'"

"어머, 실례했습니다! 사모님이셨군요!"

내가 정정을 시도해도 직원은 착각을 가속할 뿐이었다. 나이로나 복장으로나 그럴 리가 없지 않나 생각하면서도 직원의 오해를 풀 필요성도 느끼지 못해 적당한 미소를 지으며 그곳을 벗어났다.

"오래오래 행복하세요~!"

지나치게 명랑해서 걱정되는 직원이다. 소시지도 안 샀는데.

"뭔가 굉장한 사람이었네…….'"

그런 말을 하면서 마논을 바라보자, "네, 뭐 그러네요" 하면서 열심히 고개를 끄덕인다. 기분 탓인지 모르겠지만 입꼬리가 올라간 것 같기도 했다.

"무슨 일이야, 마논?"

"역시 남매로 보이지는 않는 것 같은데요?"

"……뭐, 그건 그런가?"

닮지 않았으니까, 우리. 피도 이어지지 않았고.

"제법 훌륭한 도둑고양이였어요."

그렇게 말한 마논은 드물게 "후후후" 하고 미소 지었다.

장을 다 보고 밖으로 나오자 갑자기 마논이 뒤에서 끌어안았다.

"마논……?"

"마논은 이 순간을 계속 기다리고 있었어요. 오빠."

등 뒤에서 까치발을 드는가 싶더니,

"둘이서만 얘기하고 싶은 게 있어요."

그런 속삭임이 귓불을 간지럽혔다.

"지금?"

"네, 돌아가기 전에 단둘이."

"아아……."

단둘이라면 지금까지도 단둘이 있었다. 하지만 가게 안에서는 해당이 안 되는 걸 보면 아마 마논이 요구하는 것은 진짜 단둘만 있고 싶다는 거겠지.

그렇다면.

"……지금도 둘만 있는 건 아닌 것 같은데?"

"네?"

당황하는 마논에게 추가로 덧붙였다.

"마논, 그대로 날 끌어안고 있어줘."

"네……?"

나의 불쾌한 주문에 소리를 죽인 마논은 스르륵, 하고 내 왼쪽 가슴에 오른손을 갖다댔다.

"심박수가 올라가고 있어요. 두근거리고 있나요……? 하지만 이해할 수 없어요. 마논에게 마이너스 포인트를 주려는 건가요? 그렇게 되지 않도록 이쪽을 보지 못하게 뒤에서 껴안고 있을 거니까 소용없어요."

고동을 확인하고 손을 놓으려 하는 그녀의 손목을 다시 잡아 되돌렸다.

"아니, 그게 아니야. 그대로 있어. 지금 소환할 테니까."

"소환? 대체 뭘……?"

나는 주머니에서 아까 그 메모——즉 사키호의 사진을 꺼내 들고 시야에 넣었다.

그러자 동시에.

"신이치, 지금은 안 돼!"

조금 떨어진 그늘에서 시나가와 사키호가 뛰어나왔다.

"정말, 신이치도 심술궂다니까. 그런 짓을 하면 나한테 마이너스 포인트가 들어가잖아. 그럼 못쓰지~?"

가게 밖 벤치에 앉은 사키호는 이쪽을 올려다보며 주눅 들긴커녕 내게 주의를 가해왔다.

"그건 그렇고 내가 있다는 건 언제부터 알고 있었어?"

"여기 오기 전부터 예상은 하고 있었어. 자전거로 여기 까지 오는 건 안 힘들었어?"

"보조 전동기가 포함돼 있어서 그나마…… 그보다 거기 까지 알고 있었어?!"

"잠깐만요, 이해할 수 없어요. 마논은 대체 뭐가 뭔지……."

드물게 당황한 모습의 마논이 얼굴을 찌푸렸고, 나는 설명해 주었다.

"로그하우스에는 오토바이뿐만 아니라 자전거도 놓여 있었어. 사키호는 그 사실을 은폐하고 나와 마논이 슈퍼에 간 뒤 본인은 자전거로 쫓아왔다. 그러니까 우리를 계속 따라왔다는 거지."

"엑, 그런 거였어요……?"

"뭐야, 신이치, 자전거가 있다는 거 알고 있었어? 입구에서는 사각지대에 있어서 난 도착했을 때는 몰랐는데……. 치사하네 정말, 말해달라구."

"아니, 본 적은 없어. 근데 '치사하다'라고 말할 입장인가?"

사키호는 나의 지적을 무시하고 눈을 동그랗게 떴다.

"못 봤어? 그럼 어떻게……?"

"사키호가 다 같이 로그하우스를 조사했을 때 '오토바이 딱 한 대밖에 없었다'라고 했었지? 그 말투에서 위화감을 느꼈어."

"뭐가 이상한가요?"

마논이 고개를 갸우뚱했다.

"보통 아무것도 없을 거라 생각하는 곳에 오토바이가 있었다면 '오토바이가 있어'라고만 했겠지. '오토바이가 딱 한 대밖에 없다'라고, 마치 그 외엔 아무것도 없다는 걸 강조하는 식으로 말하진 않았을 거야. 그래서 다른 운송수단이 있다고 생각했지. 하지만 사키호는 면허가 없으니까 숨

167

겼다면 자전거 정도일 거고."

"……그렇군요. 사키호 씨는 그걸로 우리 뒤를 따라오려 했다. 거기까지는 이해했습니다."

마논의 미간 주름은 아직 사라지지 않았다.

"하지만 이해가 안 돼요. 뭐 때문에 그런 거예요? 뒤를 따라오는 메리트가 없잖아요. 모습을 드러낼 생각이 없었 다면 포인트 증감도 없을 거고……."

"그렇단 말이지……."

그 부분은 마논의 말이 옳다. 이번 승부는 가까이 있으 면 포인트가 더해지는 것도 아니니 굳이 따라올 이유가 없 다. 나도 이해할 수 없는 부분이었다.

"어째서인가요? 사키호 씨?"

"그런 건 당연한 상식 아냐?"

하지만 사키호는 반대로 그런 질문을 하는 이유를 모르 겠다는 얼굴로 말했다.

"거기 신이치가 있기 때문인데?"

"사키호 씨의 스토커 동기는 산악인과 똑같군요……."

……정말로, 나도 이해할 수 없는 부분이다.

중간중간 자전거의 사키호를 기다리며 셋이 함께 로그 하우스까지 돌아왔다.

"어서 와, 히라카와 군."

현관문에서는 오사키가 유달리 온화한 표정으로 기다리고 있었다.

"많이 늦었네? 계속 기다렸는데. 마침 진정 효과가 있는 허브차를 탔어. 히라카와 군, 마시지 않을래?"

"잠깐, 오사키 스미레. 그런 건 반칙이지?"

"시나가와 씨. 무슨 낯짝으로 그런 말을 하는 거야?"

"스미레 씨, 왜 웃으면서 대답하는 거예요……?"

마논의 말대로 오사키는 그 입가에 미소를 띠고 있었다. 말과 표정이 정반대였다.

아마 화난 표정을 지으면 내가 긴장할 거라는 걱정에서 나온 행동이겠지만, 그 미소의 내용물이 끓기 직전의 상태라고 생각하면 반대로 더 무섭다.

"자, 테이블에 앉아. 히라카와 군은 여기에 앉고?"

"알았어."

오사키의 정면 자리로 안내받았다. 내가 허브차를 마시는 동안 그녀를 시야에 담게 하기 위해서겠지. 사키호의 반칙을 생각하면 이에 응하는 정도는 편애에 들지 않을 것이다.

오사키는 찻주전자에서 4개의 컵에 허브차를 따라 우리에게 내밀었다. 내 것뿐만 아니라 사키호나 마논의 것도 준비해 둔 것 같았다.

그때 사키호가 손을 들었다.

"잠깐만 기다려, 오사키 스미레. 여기에 혹시 수면제나 독 같은 게 담겨있는 거 아니야?"

"그럴 리가 없지. 같은 찻주전자에서 따랐잖아."

오사키는 그렇게 말하고는 자기 앞에 있는 컵에 입을 대고 나서 이쪽으로 컵을 향해왔다. 확인해 보니 조금 줄어든 것 같았다.

"봐, 아무렇지도 않지? 그보다 마시기 싫으면 안 마셔도 상관없는데?"

"정말? 하지만 신이치의 컵 바닥에만 묻혀놨을 가능성도……. 자, 신이치 걸 마셔봐."

"알았어…… 자, 이걸로 됐어?"

시키는 대로 한 모금 마신 오사키가 어이없는 눈으로 사키호에게 컵을 보여주었다.

"아직 안 돼. 컵 가장자리 어디 한 곳만 안 바르고 다른 곳에 다 발라져 있을 수도 있잖아. 가장자리를 다 핥아봐."

"의심이 많네……."

그리고 오사키는 그 요염한 혀로 쓰윽…… 하고 가장자리를 한 바퀴 핥아 보였다.

"……걸렸다."

거기서 사키호가 히죽, 심술궂은 미소를 지었다.

"뭐?"

"자아, 신이치? 그건 오사키 스미레가 입에 댄 컵이야?"

"너……!"

그랬다. 오사키도 알아차린 대로, 이 대결에서 미인계는 금지다. 지금 그것은 미인계를 노리고 한 것은 아니었지만, 남고생인 나에게는 자극이 강했다.

"히, 히라카와 군은 그런 거 신경 쓰지 않지?"

"아, 응. 물론이지. 전혀 신경 안 써."

그리고 여기서 동정 히라카와 신이치의 나쁜 버릇이 발동했다. 신경 쓰고 있으면서 신경 쓰지 않는 척하는 것이다. 자신도 알고는 있지만……

"그럼 마셔, 자."

"아, 고마워…… 앗, 뜨?!"

"미, 미안해!"

무려 오사키는 떨리던 손이 미끄러져 허브차를 내 허벅지에 쏟아버렸다.

부추기던 사키호도 설마 이렇게 될 줄은 몰랐던 것인지 안쓰럽다는 얼굴로 나를 바라보았다. 마논도 같은 표정을 짓고 있었다.

나는 그 뜨거움을 느끼며 동시에 무언가를 떠올렸다.

용모 단아, 두뇌 명석, 재색 겸비를 그대로 본떠 만든 것 같은 이 아가씨, 실은 엄청난 허당이었다.

……아니, 잘 생각해 보면 평소의 언동에서도 드문드문 보이고 있었지만.

그 후에도 그녀는 허당 아가씨다운 면모를 유감없이 발휘했다.

바지가 젖어버린 나는 오사키의 방을 빌려 잠옷용으로 가지고 온 바지로 갈아입었다(오사키가 나를 가두거나 하지 않도록 사키호와 마논도 동행했다).

탈의실에서 나오자 타는 듯한 냄새가 코를 찔렀다.

"히라카와 군, 이건 어때? 향은 진정 효과가 높다고 하던데."

"상당히 고소한 냄새의 향이네? ……아니, 잠깐, 오사키, 불!"

……무려 향을 피우고 있던 침대의 사이드 테이블이 조금 타 있었다. 경악과 공포로 아마 마이너스 포인트.

아주 극미한 화재 소동을 처리한 후 오사키는 요가 매트를 꺼내 들었다.

"요가와 스트레칭으로 릴랙스 효과를 높이는 거야. ……잠깐, 전혀 아니잖아, 히라카와 군. 좀 더 허리를 숙이고 다리를 벌리고……."

"아파, 아파, 아파, 아파!"

통증으로 인한 고통으로 또다시 마이너스 포인트.

그런 일을 몇 가지 반복하다 보니 사키호와 마논은 이미 "이건 그냥 하게 놔두는 편이 오사키 스미레한테 손해 아닐까……" "그러게……"라고 판단한 것인지 자신들의 감시 하에 한동안 마음대로 하게 두고 있었다.

"하아……. 히라카와 군, 부탁이야. 마사지를 하게 해줘."

실패가 계속되는 오사키는 상당한 위기감을 느낀 것일 까, 마침내 나에게 '부탁'이라는 어울리지 않는 말을 사용 하기 시작했다. 아무래도 이것이 마지막 수단인 듯했다.

"침대에 엎드려 줄 수 있어?"

나도 점점 오사키가 가여워져서, 어떻게든 여기서 만회 할 수 있다면 좋겠다는 마음에 순순히 그녀의 말에 따랐 다. 다만 완전히 엎드려 얼굴을 베개에 갖다 대면 답답했 기에 고개만 옆으로 돌렸다. 그러자.

"신이치의 얼굴, 좋네……."

사키호가 침대에 턱을 대고 황홀한 표정으로 이쪽을 보 고 있었다.

고개를 반대쪽으로 돌리자,

"오빠 얼굴을 이렇게 쳐다보는 건 처음이네요……."

마논이 소동물 특유의 진지한 얼굴로 "흠흠……" 하면서 나를 관찰하고 있었다.

"이봐, 오사키……."

"……말하지 마, 알고 있으니까."

즉 오사키에게 등 마사지를 받는 동안에는 나는 오사키

를 볼 수 없기 때문에 이 마사지로 분비된 릴랙스 포인트는 옆에서 버티고 있는 2명이 가져가게 된다.

하지만 그래서는 안 된다.

그녀들에게서 받을 수 있는 릴랙스 수치를 공평하게 알고 싶은 나로서는 이러한 상태는 달갑지 않았다.

"히라카와 군?"

그래서 나는 베개에 얼굴을 파묻었다.

"이러면 아무도 안 보이잖아?"

"히라카와 군……!"

응얼거리며 말하자 마사지를 해 주는 손에 부드러운 힘이 더해졌다.

이미 마사지를 해봤자 나는 보이지 않으니까 가점도 없을 텐데, 그녀는 그런 점에서 묘하게 의리가 있었다.

나는 기분이 좋아 꾸벅꾸벅 졸기 시작하다 그대로 잠이 들었다.

"오빠, 오빠, 오빠, 오빠, 오빠, 오빠……."

눈을 뜨자 어느새 반듯하게 누운 내 위에 마논이 올라타 있었다.

"……왜 거기 앉아서 내 이름을 부르는 거야?"

"예부터 오빠한테 올라타서 깨우는 게 여동생의 의무였으니까요."

"그런 거 본가에 있을 때 해준 적 없잖아?"

"……살짝 농담해 봤어요."

정색하고 농담하면 알 수가 없잖아…….

"그래서 나를 부른 이유는?"

"서브리미널 효과예요. 오빠 꿈에 나와보고 싶어서."

"그러신가요……."

멍한 얼굴로 대답을 돌려주는데 쿵쿵거리는 소리가 다가왔다.

"잠깐, 마논! 또 선수 치기!"

"그래, 마논 씨. 요리는 거의 돕지도 않고 그런 짓만 하는 건 좀 아닌 것 같아."

"이해할 수 없어요. 마논은 오빠를 깨우는, 예부터 이어져 온 여동생의 역할을 수행했을 뿐이에요."

"그런 거 본가에 있을 때 한 번도 해준 적 없지 않아?"

사키호는 뭐든지 알고 있구나……라고는, 더는 무서워서 말할 수 없었다.

저녁은 카레였다. 셋이서 사이좋게(?) 만들어준 것 같았다. 잠만 자고 있어서 죄송합니다…….

자, 먹자, 하고 숟가락을 들었을 때, 내 옆에 앉은 사키호가 내 어깨를 두드렸다.

"저기, 신이치?"

그쪽을 향하자 사키호가 카레를 얹은 스푼을 나에게 내밀어왔다.

"아~ 해♪."

"아……? 왜? 직접 먹을 수 있는데……."

"어휴, 신이치도 참. 눈치 없는 소꿉친구라니까. 이걸 먹는 동안에는 날 보면서 먹어줄 거지? 마음껏 릴랙스해도 돼."

"잠깐만 기다려, 시나가와 씨."

덜컹, 하고 오사키가 몸을 일으켰다.

"그렇다면 세 사람 모두에게 똑같은 기회가 주어지지 않으면 공평하지 않아."

"스미레 씨의 말도, 오빠에게 먹여주고 싶어서 떠올린 순간적인 변명치고는 일리가 있어요. 마논도 시도해 보고 싶어요."

"수, 순간 떠올린 변명은 아니지만……. 뭐, 됐어. 어쨌든 히라카와 군. 내 숟가락으로도 먹어줘."

그렇게 말하고 두 사람도 숟가락을 내밀었다. ……그때 사키호가 히죽 웃은 것은 기분 탓이 아닐 것이다.

"어쩔 수 없지, 그러면 공평하게 각자의 숟가락으로 먹여주는 걸로 할까? 음식을 씹는 동안에는 그 상대를 시야에 두고, 누구의 숟가락으로 받아먹는 게 가장 편안한지 공평하게 측정해 달라고 하는 거야. 괜찮지, 신이치?"

"아, 으응……."

뭐, 긴장 상태라 마이너스가 될 수도 있겠지만, 거기까지 포함해서 공평하다고 볼 수 있으려나.

"히라카와 군, 아, 아아……."

"오빠, 드세요."

"자, 신이치. 아~♪."

나는 각자의 숟가락으로 카레를 받아먹었다.

그리고 사키호의 카레를 먹을 때 "그런 거구나" 하는 말이 그만 입에서 새어 나왔다.

"이해할 수 없어요. 오빠, 사키호 씨 카레를 먹었을 때만 표정이 달라요. 사키호 씨, 무슨 짓을 했나요?"

"응? 혹시 이거 말하는 건가?"

사키호는 테이블 아래, 그녀의 무릎 위에서 어떤 것을 꺼냈다.

"숨겨둔 된장을 내 것에만 살짝 추가한 것뿐인데?"

"된장 같은 건 쇼핑 메모에는 없었을 텐데……."

"직접 갖고 왔어. 그야 숨기지 않으면 비법이 되질 않잖아?"

"그 철저한 준비성은 뭐야……?"

"오빠는 된장을 좋아해요?"

나의 의문을 가로막듯 마논이 고개를 갸우뚱했다.

"……카레를 만들 때 비법으로 된장을 넣는 건 우리 어머니의 오리지널 레시피야."

히죽, 하고 자랑스럽게 웃는 사키호.

"둘 다 일개 스토커의 정보량을 만만하게 봤구나?"

22시가 되어 주조 씨가 로그하우스에 왔다.

"데이트는 어떠셨나요?"

"마논은 별로 결과를 남기지 못했어요."

"결국 전 실수만 하고, 마논 씨도 점수를 벌 타이밍이 없었어요. 아쉽지만 시나가와 씨의 승리겠죠?"

"신이치를 향한 사랑을 얕본 죄겠지."

사키호는 아무렇지도 않게 내 팔을 끌어안았다.

"그렇습니까, 그럼 포인트를 발표하겠습니다."

주조 씨가 1명씩 포인트를 읽어갔다.

"히라카와 마논 님…… 마이너스 200포인트."

"마이너스군요."

마논은 아쉽다기보다는 놀랐다는 느낌으로 이쪽을 바라보았다.

"이해할 수 없어요. 오빠 어디서 두근거림을 느꼈어요?"

"……무슨 뜻인지 잘."

의붓동생에게 안겨 두근거렸다고는 자백할 수 없다.

"다음으로 시나가와 사키호 님…… 500포인트."

"우후후, 내 사랑과 비교하자면 한참 모자라지만."

승리했다는 미소를 지으며 더욱 몸을 기대오는 사키호.

"……할 수 있는 건 다 했어. 어쩔 수 없어."

"그리고 오사키 스미레 님……."

오사키가 포기한 것처럼 작게 중얼거렸고, 주조 씨가 그녀의 포인트를 발표했다.

"1,800포인트."

"봐, 역시 오사키 스미레는 퇴물 전 여친…… 천팔배액?"

"스미레 씨, 설마……."

두 사람이 경악스러운 표정을 짓는 가운데,

"……허어?"

뜻밖에 오사키가 가장 놀랐다는 얼굴을 하고 있었다.

그리고 주조 씨가 재차 결과를 선언했다.

"이렇게 해서 승자는 오사키 스미레 님입니다."

"꿈을 꾸고 있는 것 같아……!"

뭐, 나만은 그 결과를 예상했지만.

원인을 밝히자면 이렇다.

오사키의 마사지를 받고 그 후 선잠을 잤을 때 나는 꿈을 꾸었다.

그것이 바로 오사키와 함께 있는 꿈이었던 것이다.

꿈을 꾼 이유는 간단하다.

오사키의 향수 냄새와 같은 향수가 오사키의 베개에도 묻어 있었으니까. 필로우 미스트라는 거겠지.

그 향기에는 숙면 효과도 있다. 잠든 후에도 내 코는 오사키의 냄새를 계속 느끼고 있었던 것이다.

시야에 있는 사람을 머리에 떠올리는 사람으로 정의한다면, 잠자는 동안 꿈에 나온 사람도 대상이 될 수 있다는 이야기였다.

즉, 수면이라는 가장 편안한 시간대에 계속 시야에 들어와 있던 오사키 스미레가 승리했다. 뚜껑을 열어보니 말 그대로 꿈같은 이야기였다.

……그리고 거기서 1시간 후.

나는 여러 의미로 몸을 굳힌 채 침대에 앉았다.

이 방은 굳게 잠겨 있어 사키호나 마논을 포함한 외부로부터의 침입을 아침까지 차단한다고 했다. 그 대신 안쪽에서도 나갈 수 없는 완전한 밀실이다.

그런 비정상적일 정도로 단둘이 남겨진 방에 오사키와 있다는 것만으로도 긴장되는데, 욕실에서는 물소리가 나고 있었다.

쏴아 하고 샤워기에서 방출되는 뜨거운 물소리와 함께 간간이 찰박찰박 하는, 오사키의 움직임에 의한 소리가 뒤섞여 너무나도 생생하게 들려왔다.

소파도 없는 방이었고 달리 할 일도 없었기에 침대에 걸터앉았다.

어쩐지 입구 근처 욕실 쪽을 보는 것은 꺼려져 반대편 벽에 걸린 추상화를 보고 있었다. 뭐가 그려져 있는지 전혀 모르겠지만, 크림색 부분이 하필 벌거벗은 사람의 모습처럼 보여서…… 아니, 위험한데, 나.

소수라도 세고 있을까, 그런 생각을 한 순간 갑자기 침대가 가라앉는 듯한 감촉이 엉덩이에 전해졌고, 다음 순간.

"으흡?!"

"쉬잇."

뒤에서 다가온 젖은 손에 입이 막혔다.

그대로 위를 살짝 올려다보니 오사키가 내 머리를 끌어안고 있었다.

젖은 머리가 내 뺨으로 늘어졌다.

아무래도 목욕 수건을 몸에 두른 채 침대 위에서 무릎을 꿇고 서 있는 것 같다.

음, 그럼 뒤통수에 아주 미미하게 느껴지는 감촉은…… 갈비뼈?

"뭔가 실례되는 생각하고 있지?"

"……!"

꿈지럭대며 고개를 저었다.

"그대로 욕실로 와. 조금이라도 소리를 지르면 이대로 널 질식사시킬 거야."

그렇게 귓가에 속삭여와, 나는 항복의 의미를 담아 두

손을 들었다.

　그녀에게 끌려가는 모양새로 조용히 욕실로 향했다. 욕실에서는 샤워기가 계속 틀어져 있었다.

　그대로 욕실 벽에 떠밀려 이번에는 정면에서 손으로 입을 막아왔다.

　그대로 그녀는 내 귓가에 입술을 대고 샤워기 소리에 사라질 것만 같은 작은 목소리로 속삭였다.

　"히라카와 군, 지금부터 내가 하는 말 잘 들어. 이제부터 말하는 것만이 진실이니까."

　무슨 말이지……?

　"우선 이 연애 유학 중에 나는 내 옷에 도청기를 넣어뒀어. 내 손으로 매일."

　내 머리에 떠오른 '뭐 때문에?'라는 질문은 당연했던 것인지, 오사키는 이어서 설명을 해주었다.

　"도청기는 5G 모바일 데이터 접속을 지원하고 있어. 도청기에 들어간 음성은 모두 녹음되고 다음에 전파가 잡혔을 때, 나의 본가…… 오사키 홀딩스로 보내질 거야. 그게 내가 이 유학에 참여하는 조건이었으니까. 여기까지는 알았어?"

　나는 고개를 끄덕였다. 이유는 아직 잘 모르겠지만, 일어나고 있는 일은 이해했다.

　"즉, 내가 진실을 말할 수 있는 건 나체나 수영복을 입었을 때뿐이라는 뜻. 지금도 방에 있는 옷에 도청기가 달려있어. 샤워기의 물소리보다 더 큰 소리를 내면 들린다고 생각하면 돼. 거기까지 다 이해했다면 이 손을 떼고 발언을 허락할게. 알았어?"

나는 한 번 더 고개를 끄덕였다.

"고마워, 히라카와 군."

그녀는 그렇게 말하고 살며시 내 입에서 손을 떼었다.

나는 그녀를 따라 그녀의 귓가에 입술을 갖다 댔다. 서로의 귓가에 서로의 입술을 가까이 대고 있는 모양새였다.

"왜 그렇게 된 거야?"

"하으……."

하으?

"……아무것도 아니야."

아무것도 아니야, 라고 말하면서 서 있는 것이 괴롭다는 듯 나에게 매달려오는 오사키.

"오사키, 혹시,"

"읏……!"

"귀…… 약해?"

"……몰라……!"

점점 힘이 사라지는지 매달리는 힘이 강해졌다.

"서 있는 거 힘들어?"

"으, 응……."

수줍게 고개를 끄덕이는 오사키의 붉어진 귀를 보고 내 몸 어딘가가 이상한 반응을 보이기 시작한다. 잠깐, 잠깐, 잠깐, 1, 3, 5, 7, 9⋯⋯!

황급히 소수를 세기 시작했지만 이미 늦었고(그보다 그 냥 홀수를 말하는 것뿐이고), 나아가 그녀의 젖은 몸과 밀 착도가 증가해 필연적으로 나의 생리적 욕구가 반응하고 말았다.

"⋯⋯뭐, 뭐 하는 거야, 이런 때에!"

"잠깐, 목소리가 커⋯⋯!"

"응⋯⋯!"

그건 그렇고 그 한숨 좀 그만 쉬어줘⋯⋯!

"이, 이대로면 결말이 안 나겠어. 조금만 참아줘, 히라카 와 군⋯⋯!"

수습이 어려워진 두 사람을 위해 오사키는,

"앗, 차가⋯⋯!"

수도꼭지 손잡이를 휙 돌려 뜨거운 물의 온도를 최대한 낮췄다.

찬물을 맞으며 둘 다 어느 정도 냉정해진 덕에 간신히 이야기를 나눌 수 있는 상태가 되었다.

"어, 어쨌든⋯⋯! 자세히 이야기할 시간은 없어. 나 항상 목욕은 길게 안 해. 오늘만 길면 여러모로 의심을 받을 거 야. 내가 너한테 여기서 하고 싶은 말은 하나야."

가까스로 몸을 일으켜 세운 그녀가 진지한 목소리로 말했다.

"나는 나 스스로, 너와 함께 있고 싶어서 여기에 왔어."

"오사키가……? 집안의 번영을 위해서가 아니라……?"

"아니야. 오사키 홀딩스가 어떻게 되든 상관없어. 정략결혼이란 것도, 본가를 속이기 위해서고, 네 지위에 관심이 있다는 것도 거짓말이야. 사실은 내가, 히라카와 군과 함께 있고 싶었을 뿐이야."

"그게 무슨……."

어안이 벙벙해진 내 귓가에서 입술을 떼고,

"나 사실, 그날 헤어질 생각은 없었어."

오사키가 내 눈을 촉촉한 눈빛으로 바라보았다.

"히라카와 군을 정말 좋아해. 좋아해, 사랑해. 세상 누구보다도 훨씬."

"오사키……!"

그 고백은 나에게 엄청난 충격을 안겨주었다.

그럼 그때는 왜 그랬어? 라는 의문조차 아무래도 상관없어질 만큼 눈앞의 그녀는 필사적이고, 요염하고, 예쁘고, 덧없었다.

"드디어, 말할 수 있었어……!"

그리고 물에 젖어 있어도 알 수 있을 만큼 굵은 눈물을 그녀는 줄줄 흘리며 내 가슴에 얼굴을 파묻었다.

"히라카와 군, 히라카와 군, 히라카와 군……! 너무 좋아, 정말 좋아해, 좋아해, 히라카와 군……! 겨우, 이제야 말할 수 있었어……!"

그리고 눈가를 비벼오듯 얼굴을 필사적으로 문질렀다.

안 된다는 걸 알면서도, 그것이 내가 정당한 판단을 하지 못하게 만들 거라는 걸 알면서도.

그런데도 마음이 크게 흐트러지고 말았다.

……그렇기 때문에 어떻게든 한 가지는 물어봐야만 했다.

"……그것마저도 거짓말일 가능성은 없는 거야?"

그 말에 오사키는 살며시 얼굴을 내 가슴에서 떼고, 다시 한번 진지한 얼굴로 나를 바라보았다.

"믿어주지 않는 게 당연해. 결과적으로 그렇게 되어 버렸고……. 하지만."

그렇게 말하며 그녀는 살며시 나에게 그 입술을 붙여왔다.

"……이게 최소한의 증명이 될 수 있다면 좋겠는데."

"……나, 키스받는 거 처음인데."

"어머, 우연이네. 실은 나도 처음이야."

내가 자백하자, 검은 머리와 속눈썹을 적신 그녀가 장난스러운 미소를 지었다.

"처음 사귄 누구 씨가 안 해줘서 그렇지?"

제5장
사우나와 학교 수영복과 괴문서

"그럼 이제 어떻게 할까……."

장소는 다시 돌아와서, 연애 유학의 본거지인 롯폰기 스카이타워.

내 방 책상 앞에서 나는 팔짱을 끼고 있었다.

그룹 데이트가 2번 끝난 지금 나는 1on1 데이트에 갈 사람 2명과 행선지 2곳을 골라야 한다.

첫 번째 1on1 데이트 상대를 정하는 기한은 내일 아침까지다.

그때까지 내선으로 주조 씨에게 전화를 걸면 된다.

한 명씩 현 상태를 다시 정리했다.

【추가 데이트】 때 동행한 것은 디아슬리 데이트에서는 유튜버 시부야 유우. 나스 데이트에서는 전 여친 오사키 스미레. 그리고 전 아이돌 메구로 리아와는 사실상 추가 데이트를 한 정도의 대화를 나눴다.

그렇게 되면 여배우인 칸다 레오나, 소꿉친구 시나가와 사키호, 의붓동생 히라카와 마논이 후보가 되는 셈인데.

"음……."

여기서 막혀버렸다. 아무래도 머리가 빙빙 도는 기분이

었다.

시계를 보니 마침 22시.

"······사우나에 들어갈까?"

롯폰기 스카이타워의 64층에는 사우나가 있었다('사우나니까 64층*이라고 기억해 주세요'라며 주조 씨가 진지한 얼굴로 말했었다).

어느 호텔의 전세 사우나를 참고한 것인지 사우나와 냉탕, 샤워실과 야외 베란다가 있었고 온탕 욕조는 없었다.

다른 시설에 비해 아담한 느낌이 들었지만, 실제로 혼자 쓰기에는 이 정도가 더 안정된다는 것을 이용해 본 뒤에 알았다. 고급스러움이나 호화로움만이 언제나 정답인 건 아니라는 뜻이겠지.

물론 사우나라는 것은 그 자체가 사치스러운 것이었다. 자비로 간 적은 한 번도 없다. 하지만 작년 이맘때인가, 성수기 리조트 호텔에서 단기 아르바이트를 했을 때 배정된 곳이 욕탕 청소였기에 몇 번인가 들어가 보면서 그 즐거움을 알게 되었다.

그래서 스카이타워에 사우나가 있다는 것을 알았을 때 기뻤다. 이후로 매일 저녁 식사를 마치고 딱 2시간 뒤에 사우나를 하고 있었다. 생각할 거리가 있을 땐 사우나가 좋다고 하던데.

---

*일본어로 사우나는 6과 4의 발음과 비슷하다.

나는 공동 거실로 나가 냉장고에 담긴 스포츠 음료를 꺼냈다. 방마다 냉장고는 있지만, 이곳에는 다양한 음료와 간식류가 수시로 보충되고 있었다.

64층으로 내려가 복도를 걷다 보면.

"앗. 신이치 군이네."

맞은편에서 눈을 크게 뜬 전 아이돌 메구로 리아가 손을 흔들었다. 목욕 후 연기가 피어오르는 뺨과 축축한 머리카락이 묘하게 탐스러웠다.

뭔가 평소보다 더 순수한 느낌이 드는데 왜지? 그런 생각과 함께 바라보는 순간,

"그렇게 보지 마, 쌩얼이라서 창피해."

하며 수줍은 웃음을 짓는다. 진짜냐, 이것이 바로 쌩얼 미소녀라는 건가……!

"사우나 가는 거야?"

"아, 어, 응……."

자연스럽게 내 팔에 손을 얹으며 말을 걸어오는 리아에게 동력력을 발휘해 버린 나는 시선을 돌렸다.

하아, 이대로면 당연히 "어라? 목욕 후의 리이는 자극이 강해?♡"라는 등의 놀림을 당할 거라 생각했는데.

"좀 더 빨리 왔으면 같이 사우나할 수 있었을 텐데. 리이는 벌써 다녀왔어."

그런 아쉬운 목소리를 낸다. 같이?

"리아, 사우나 좋아해?"

"응, 좋아진 건 최근이지만……."

"최근이라면 언제쯤부터?"

"으음……."

리아는 약간 입술을 우물거리더니 쑥스럽다는 듯 자백했다.

"……디아슬리에 갇혔던 날 이후부터."

"아하……."

확실히 그때는 고온의 방에 장시간 머무른 다음 스프링클러의 물을 뒤집어쓰고 밖으로 나갔으니, 다시 말해 사우나→찬물 샤워→바깥공기 쐬기와 똑같은 순서를 겪은 것이나 다름없었다.

"그때의 쾌감을 잊을 수가 없어서…… 라이브러리에서 찾아보니까 그때 리이, 엄청 몸이 좋아졌던 것 같아……."

"그렇구나……."

재난이 뜻밖의 좋은 결과를 가져온 건가.

"하아, 사우나는 정말 굉장해……."

손바닥으로 뺨을 누르며 황홀하다는 듯 말하는 리아는 평소의 소악마 같은 인상보다 훨씬 더 소탈하고 평범한 여자아이라는 느낌이었다.

뭐랄까, 내가 남녀공학에 다녔다면, 동아리 합숙이나 수학여행 때에 이런 대화를 했을지도 모르겠다…… 그런 상상을 한 뒤, 마음속으로 고개를 저었다.

이렇게 귀여운 아이가 어느 고등학교에나 있는 것도 아니고, 애초에 그런 아이와 목욕 후에 대화를 나눌 수 있을 만큼 친해질 리도 없다. 남고에서조차 외톨이인데.

"다음엔 같이 들어가자? 신이치 군."

"아니, 무슨 말을 하는 거야, 그건 무리지······."

"응? 무리는 아닌데? 남자는 신이치 군밖에 없으니까 남자 욕실을 쓰면 자동으로 단둘이 전세 사우나처럼 보낼 수 있어."

그건 그럴지도 모르지만······.

"그런 짓을 했다간 금방 현기증이 날 테니까 무리라는 거야. 동정을 얕보지 마라."

"아하하, 그렇구나. 그럼 동정이 아니게 되면 같이 들어가자."

"그게 뭐야······."

"아하하."

헤실헤실 웃는 그 밝은 미소를 보자, 입이 멋대로 움직였다.

"리아는 차라리 평소보다 그러는 편이······."

"응?"

"······아무것도 아냐. 그럼 이만."

······어이, 이봐. 지금 나 무슨 말을 하려고 한 거야······.

191

상념을 떨쳐내듯 나는 조금 빠른 걸음으로 남자 탈의실로 뛰어 들어갔다.

탈의실에서 옷을 벗고 샤워부스에서 몸을 씻고 목욕 수건을 허리에 두른 뒤 드디어 사우나실로 들어갔다. 하지만.

"오~, 히라카와 기다리고 있었어."

"……실례했습니다."

거기에 학교 수영복을 입은 현역 여고생 여배우가 있었기에 그대로 몸을 돌렸다. 어, 나 여탕에 들어온 건가?!

"잠깐, 잠깐. 기다려."

뒤에서 팔을 잡혔지만, 당기는 힘을 느끼면서도 전진했다.

"여기 남성용 사우나 맞지?!"

"여기 남성용 사우나 맞아."

"안 되지, 그럼! 남녀가 반대면 큰일이잖아! 아니, 남녀 반대가 아니더라도 큰일이야!"

"오, 말 엄청 빠르네. 하지만 여기는 히라카와밖에 안 오잖아?"

어디까지나 온화하게, 마이페이스답게 칸다는 웃고 있었다.

"그렇다고 해도 왜 여기 있는 건데?! 왜 학교 수영복이야?! 나는 아직 동정이라고!"

"아하하. 왜 갑자기 자포자기한 얼굴로 성 경험을 폭로

하는 거야."

"논점은 거기가 아니야!"

"학교 수영복 말하는 거야? 이건 남학교인 히라카와가 좋아할까 싶어서."

"그야 물어보긴 했지만, 거기도 아니야!"

그리고 개인적으로 체육복과 비교하면 학교 수영복은 그 정도는 아니다! 너무 적나라하니까!

"농담이야, 농담. 히라카와한테 날 데이트 상대로 고르지 말아달라고 말하러 온 거야."

그 말에 걸음을 멈췄다.

"어, 뭐라고?

"뭐야, 둔감한 라노벨 주인공 같은 소릴 하네. 못 들었어?"

내가 돌아보자 칸다가 고개를 갸우뚱했다.

"들었어. 들었는데, 그 말의 의미를 묻는 거야."

"응, 그렇지. 제대로 얘기할 테니까 일단 사우나부터 하자."

"그건 그렇고 유학 시작 이후로 지금까지 이런 적 없었어?"

나와 칸다는 사람 한 명분의 거리를 두고 나란히 계단 모양으로 된 사우나의 중간에 걸터앉았다.

학교 수영복을 입은 미소녀와 사우나에 있다는 마니아적인 광경에 선정성을 넘어서서 어이가 없었다.

"이런 적이라니, 남자 사우나에 누가 침입하는 걸 말하는 거야?"

"맞아, 히라카와의 전세라는 건 다들 알고 있을 거 아냐. 가장 높은 확률로 시나가와도 있고. 스토커잖아?"

그렇게 평범한 어조로 "스토커잖아?"라고 말하지 말아 줬으면 좋겠는데⋯⋯.

"사키호는 내 알몸은 보려고 하지 않으니까."

"호오, 왜?"

"⋯⋯글쎄."

이전에 '욕실에는 감시카메라 같은 거 안 달았지?'라고 물었을 때, '거기만큼은 여자친구가 돼서 정정당당하게 볼 수 있을 때 볼 거야'라며 볼을 붉히며 수줍어했다. 물론 그런 말을 내 입으로 할 수는 없지만.

"흐음, 그런 거였구나. 의외로 순정파네, 시나가와."

"나 아무 말도 안 했는데?"

"표정에 다 나와 있어."

"그렇게 복잡한 표정은 안 지었어⋯⋯."

"아하하, 재미있네."

칸다의 통찰력이라고 할까, 관찰력이 너무 소름 돋아서 이쪽은 전혀 재미없지만⋯⋯.

"⋯⋯그래서, 아까 고르지 말아달라는 말은 뭐야? 유학 포기하려고?"

"아니, 그런 거 아니야. 난 히라카와 너와 결혼하고 싶어."

"그럼 왜?"

그 직선적인 말에 살짝 당황하면서도 되물었다.

"1on1은 2명밖에 못 고르는 거지? 하지만 히라카와의 안에서 후보는 나를 포함해서 총 세 명이고. 아니야?"

"뭐, 그렇지."

이건 칸다가 아니라도 예상할 수 있는 일이었다.

리아와는 디아슬리의 대기실에서, 유우와는 디아슬리의 추가 데이트로, 오사키와는 나스의 추가 데이트로, 각각 단둘이 이야기할 자리가 있었다. 그와 비교하면 사키호, 마논, 칸다 이 세 사람과는 아직 유학을 온 뒤 차분히 대화하지 못하고 있었다.

"그리고 나는 최유력 후보지. 이번이 초면이니까."

"정확해. 그런데 어째서?"

"음……."

칸다는 조금 생각하는 듯한 내색을 보이더니, 눈썹을 늘어뜨리며 미소 지었다.

"히라카와가 후회하지 않았으면 하니까. 내가 선택지를 없애줘서 히라카와가 하는 후회가 하나 줄어든다면 그게 나을 것 같아서. 그러니까 '내가 아니라도 좋아'가 아니라 '나를 선택하지 말아줘'라는 거지."

"음……?"

나는 그녀의 말이 진실인지 파악하기 위해 얼굴을 빤히

쳐다보았다.

"왜 그렇게 쳐다봐? 히라카와는 단둘이 있으면 꽤 대담해지는 타입이야?"

"아, 아니……!"

나는 자각한 것 이상으로 가까워진 거리에 자신도 놀라 조금 몸을 떼려고 했다.

그때,

"아무도 찾을 수 없고, 아무에게도 말하지 않을 거야."

그녀가 내 팔을 잡고 멈춰세웠다——아니, 끌어당겼다.

"칸다……?"

"이 유학, 참 신기하지? 히라카와는 아직 애인도 아닌 사람과 결혼 약속까지 해야 해. 나는 히라카와와 아직 친구조차 되지 않았는데."

정신을 차리고 보니, 나는 사우나의 단차로 인해 칸다에게 벽쿵인지 바닥쿵인지 모를 자세를 하고 있었다.

"하지만 반대로 생각하면 연인다운 일도 이 유학 기간에 해 두지 않으면 안 된다는 거야. 그렇게 생각하면 히라카와가 단계를 건너뛰고 그런 짓을 한다 해도 아무도 히라카와를 탓할 수 없어. 그러니까."

심장이 쿵쾅쿵쾅 요동쳤다. 목이 따끔따끔했다.

사우나의 효과인 걸까, 눈앞에 있는 섬세한 피부와 요염함 때문인 걸까.

머리가 어질어질해지기 시작했을 무렵, 칸다가 그 매끄러운 입술로 속삭이듯 중얼거렸다.

"……좋아, 히라카와."

"야호~! 리이, 재등장!♡ 잠깐, 에에엑! 신이치 군?!"

그와 동시에 눈부시게 밝고 장난스러운 목소리가 사우나로 날아들었다.

"리, 리아?!" "메구로……!"

"잠깐만! 둘이 이런 곳에서 뭐 하는 거야? 신이치 군 혼자 있을 줄 알고 깜짝 방문해서 놀래켜 주려고 했는데!"

"아냐, 리아, 내 얘길 좀 들어줘. 이건 그런 게 아니라……."

말을 꺼내고 깨달았다. 이건 완전히 바람둥이의 전형적인 대사다.

"그럼 난 편한 바람 상대역이라는 건가."

여전히 냉정한 어조로 칸다가 상황 분석을 했다. 사우나에서 학교 수영복 차림인 주제에.

"무슨 이상한 소릴 하는 거야?! 리이 화났어! 신이치 군, 리이한테는 결국 손도 안 댔으면서 그런…… 아얏?!"

"괜찮아?!"

분노에 몸을 내맡긴 탓에 발밑을 보지 못한 리아가 이쪽으로 다가오려다가 걸려 넘어지고 말았다.

"이런……."

"아파아……!"

"아니, 그보다도 리아……."

울먹이며 발밑을 감싸는 리아의 목욕 수건이 과한 움직임에 벗겨져 버린 탓에 나는 반사적으로 눈을 감았다.

그건 그렇고.

"……다행이다."

그렇게 중얼거린 것은 나였던 것 같기도 하고 칸다였던 것 같기도 했다.

일단 탈의실까지 리아를 데리고 나온 뒤 나는 화장실 안에서 옷을 갈아입었다. 칸다와 리아는 탈의실에서 옷을 갈아입고 있었다. 남탕인데 격리되는 쪽은 나라는 점이 조금 납득이 가지 않았지만.

화장실 문을 안쪽에서 노크하자 "이제 다 입었어~"라는 대답이 들려와서 탈의실로 돌아갔다. 잠옷은 입고 있었지만, 리아가 의자에 앉아 붉어진 발목을 누르고 있었다.

"리아, 괜찮아?"

"으응……. 신이치 군, 업어줘……. 못 걷겠어……."

"아니……. 어깨 빌려줄게. 업는 건 좀……."

"윽…… 리아도 마논이랑 동갑인데, 신이치 군은 마논만 어리광부리게 하고……! 리아도 오빠 갖고 싶어……!"

"딱히 마논이 어리광을 부린 적은 없는데……."

그렇다기보다는 어리광을 받아본 적이 없다고 하는 편

이 옳을지도 모른다.

"이봐, 칸다……."

"난 몰라, 스스로 알아서 하지 그래?"

내가 도움을 청하기 위해 칸다를 올려다보자, 어쩐지 쌀쌀맞은 태도가 돌아왔다.

"왜 갑자기 화가 난 거야……?"

"그거."

칸다는 내 옷을 가리켰다.

"그 스웨트, 시부야한테 받은 거잖아."

"아아…… 그렇지?"

그래서? 하고 의아한 얼굴을 하자 칸다가 약간 볼을 부풀렸다.

"내 앞에서 다른 애가 준 선물을 입는 건 좀 그렇지 않아?"

"아니, 칸다가 있다는 것도 몰랐고. 애초에 이거 내 건데."

내가 대답하자 "음~" 하며 신음성을 낸다.

"섬세함이 부족하구나, 히라카와는."

그 표정은 자칫하면 정말 질투하는 것처럼 보일 것 같았다. 나는 그녀가 정상급 여배우임을 다시 한번 상기시켰다.

이건 연기다, 이건 연기다.

"뭐야, 리이 방치하지 마!"

결국 리아를 업어서 방으로 데려다주고 거실로 돌아오니,

"히라카와 군……." "오빠……!" "또 다른 여자랑……."

오사키, 마논, 사키호가 차례대로 나를 보며 반응해 왔다. 사키호는 나를 매섭게 노려보고 있다. 나스에서 돌아온 이후로 영 기분이 언짢아 보인다.

거실의 로우테이블 주위에는 소파가 있었는데 어째서인지 다들 서 있었고, 오사키와 마논은 상당히 위축된 듯한, 곤란한 듯한 표정을 짓고 있었다.

그러던 중 유우가 한 손으로 테이블 위를 촬영하면서 다른 손으로 나를 불렀다.

"신, 잠깐 이것 좀 봐봐! 앗, 그보다 그거 내가 준 스웨트잖아, 마음에 들어?"

"그럴 줄 알았어. 시부야가 기뻐하네."

여전히 질투하는 연기를 하며 다그쳐 오는 칸다의 시선을 피해 테이블 위를 보자, 신문에서 오려낸 글자가 복사 용지에 붙어 있는, 이른바 괴문서가 놓여 있었다.

그곳에 붙어 있던 말은.

『이 중에 반칙을 한 사람이 있다.』

"뭐야, 이게……?"

"고발문 같네."

칸다가 탐정 같은 얼굴로 흠, 하고 들여다보았다.

필적을 알 수 없게 하려는 의도였겠지만, 형사 드라마의 범행 성명에서나 볼 법한 괴문서를 실제로 보니 등골이 오싹했다.

"칸다는 이런 거 무섭지 않아?"

"음? 전혀? 드라마 촬영 같은 데서 본 적도 있고."

아하…… 그럼 혼티드 팰리스에서 보인 모습은 정말 다 연기였구나. 그게 더 무서운데…….

"그래서, 이걸 누가 찾았지?"

"마논이에요. 20분쯤 전에 거실에 왔더니 놓여 있었어요."

내가 물어보자 마논이 바로 손을 들었다. 이런 것은 보통 첫 번째 발견자가 가장 의심받는 법인데, 그것을 아는 건지 모르는 건지…….

"내가 사우나에 가기 전에 마실 걸 가지러 왔을 때는 없었으니까, 사우나에 간 뒤에 놔둔 거겠지."

"이 중에 누군가가 놔둔 건가?"

"주조 씨일 가능성도 있지 않을까?"

"음료를 보충해 주는 직원까지 포함하면 가능성은 더 늘어나겠지만……. 하지만 이러는 동기를 모르겠네."

유우, 칸다, 오사키가 차례대로 고개를 갸우뚱했다.

"이거, 좀 빌려도 될까?"

나는 일단 그 괴문서를 가지고 내 방으로 돌아갔다.

1on1 데이트 상대에 더해 생각할 것이 두 가지나 늘어났다.

하나는 괴문서의 주인. 누가 만들어서 거실에 두었는가.

또 하나는 이 괴문서가 보여주는 '반칙을 한 사람'은 누구인가 하는 점이었다.

'반칙을 한 사람'일 가능성이 가장 높은 것은 평범하게 생각하면 현재 추가 데이트권을 손에 넣은 유우와 오사키일 것이다.

그렇다면 '괴문서의 주인'은 그 외 4명이라고 추측해 볼 수 있다. '반칙을 한 사람'이 스스로 자책감에 사로잡혀 자백한다면 몰라도, 다른 사람이 고발하는 척하며 자신을 겨냥하는 것은 의미가 없다. 그리고 칸다와 리아에게는 알리바이가 있다.

정확히 말하면 리아는 64층 복도에서 만난 뒤 남성 사우나에 들어오기까지 몇 분 동안 알리바이가 없지만, 거실에 갔다가 이 종이를 놓고 돌아오기에는 시간이 너무 부족하다.

그렇다면 괴문서의 주인으로 가장 의심되는 사람은 사키호와 마논, 그리고 주조 씨를 포함한 운영진 측 누군가. 하지만 이 타이밍에 이 괴문서를 놓아두는 의미나 지금까지 모두가 했던 행동을 생각하면……

다음 날 아침.

나는 주조 씨의 방을 노크했다.

"신이치 님. 직접 오시다니 무슨 일인가요?"

"첫 번째 1on1 데이트 상대가 정해졌습니다."

"……아, 그렇습니까? 그럼 알려주세요."

"네, 첫 번째 데이트는——."

제6장
뉴욕의 연인(임시)

『사키호가 귀엽다는 이유만으로 왜 사키호가 불쾌함을 느껴야 하는 건데?』

그 한마디가 시작이었다고, 언젠가 그녀가 말했었다.

사키호와는 집이 근처였고 유치원이 같은 곳이었기에 알고 지낸 것은 그 무렵부터였지만, 사키호가 내 스토킹을 시작한 것은 그 수학여행 이후부터였다.

* * *

초등학교 6학년 봄에 갔던 수학여행. 행선지는 단골 여행지인 교토였다.

시내 관광 자유행동 시간, 당연하게도 외톨이였던 나는 당시 아직 혼자라는 것이 부끄러워서 모두가 가지 않을 법한 장소를 찾고 있었다.

그리고 발견해서 들어간 곳이 가모가와 강 근처의 스타벅스.

스타벅스 자체는 유명하지만, 초등학생들에게 스타벅스는 꽤 비싼 가게였기 때문에 들어오는 동급생이 적을 것이라는 판단 때문이었다.

결과적으로는 성공이었고, 내가 피하고 싶었던 동급생과 마주치는 일은 없었다.

단 한 가지 오산이 있었다면, 테라스 자리에서 혼자 조용히 눈물을 참고 있는 소꿉친구가 그곳에 있었다는 것이었다.

"사키호. 혼자 뭐해?"

놀란 얼굴로 나를 돌아본 사키호는 발견된 것이 부끄러웠던 건지,

"신이치도 혼자잖아……."

쌀쌀맞은 태도로 그렇게 대답했다.

"그건 뭐, 그렇지만……. 그래도 나랑 사키호는 다르잖아."

"뭐가 달라?"

"사키호에게는 친구가 있잖아. 오늘도 원래 같이 다니기로 했던 거 아냐? 돌돌 머리 여자애라든가……."

"그렇게 되지 않았으니까 이러고 있는 거 아냐…… 흐윽……!"

"우, 울지 마……!"

말하면서 울음을 터뜨린 사키호를 달래며 상황을 물어보니, 그녀는 이렇게 된 경위를 설명해 주었다.

이야기는 어이가 없을 정도로 심플하고 유치했다.

어젯밤 반에서 가장 인기 있는 남자가 사키호에게 고백

했다.

특별히 그를 좋아하지 않았던 사키호는 그를 거절했다.

학년의 인기인이 했던 그 고백은 하룻밤 사이에 모두 다 아는 사실이 되어 있었다(나는 몰랐지만……).

그 남자를 좋아했던 리더격 여자——즉, 돌돌 머리 여자애가 사키호에게 '너무 건방진 거 아냐?'라는 말을 내뱉었고, 함께 돌아볼 예정이었던 다른 여자애와 함께 사키호를 두고 자유행동을 하고 말았다, 라는 것이다.

"……그게 뭐야."

인간관계란 역시 있어봤자 무거운 짐이 될 뿐이다, 나는 그것을 다시금 실감했다.

"내가 고백을 거절하지 않았다면 좋았을 텐데……."

"그런 게 무슨 의미가 있어. 상대가 돌돌 머리였다면 설령 그랬다 해도 무리였을걸."

"돌돌 머리라니 호칭이 그게 뭐야……! 그 아이에게는 제대로 타테노 마키라는 이름이 있어."

배신을 당했음에도 불구하고 돌돌 머리를 감싸주는 사키호. 그보다 이름에 본인 스타일이 드러나 있네.*

"어느 쪽이든, 돌돌…… 타테노? 가 질투심이 깊은 이상 그 남자에게 고백받은 시점에서 타테노와의 관계는 틀어졌을 거야."

"그럼 어떻게 했어야 해……? 흐윽."

---

*마키는 '말다'라는 뜻도 있다.

또 울음을 터뜨릴 것 같았기에 나는 사키호를 달래기 위해 황급히 몸을 일으켰다.

"어떻게 하고 말고 할 필요도 없어. 그런 놈들 이쪽에서 사양이야. 사키호는 아무 잘못 없다고."

"잘못 없어……? 내 잘못이 아니야?"

나는 고개를 끄덕였고, 쓸데없이 웅장한 어조로──아니, 지금 생각하면 정말 초등학교 6학년 때 어디에 그런 말을 당당히 말할 용기가 있었나 싶지만──그 한마디를 전했다.

"사키호가 귀엽다는 이유만으로 왜 사키호가 불쾌함을 느껴야 하는 건데?"

그러자 멍한 얼굴의 사키호가 눈을 동그랗게 떴다.

"나…… 뀌여워?"

"귀여우니까 고백을 받은 거 아닐까? 아니, 성격이 좋다거나, 뭐 그런 걸지도 모르지만…… 일단은 매력적이라는 거지?"

"신부로 삼고 싶을 정도로 귀여워?"

"아니, 어디까지나 일반론을 말하는 거지……."

비약해 묻는 사키호의 반응을 부드럽게 부정하자, 또다시 사키호의 커다란 눈동자에 눈물이 그렁그렁 맺혔다.

"거봐! 역시 나 같은 건 아무것도 아니야! 그런 '일반론'이니 뭐니 하는 어려운 말로 능구렁이 담 넘듯이 넘기잖아!"

"'능구렁이 담 넘는다'는 표현이 자연스럽게 나오는 게 더 대단한데……."

"어차피 나 같은 건 미움받는 게 당연해! 흐아아아앙."

그렇게 말하며 또 울기 시작하는 사키호.

"아니야, 알았어, 귀여워! 신부로 맞이하고 싶을 정도로 귀여워!"

상황을 모면하기 위해 건넨 한마디가 그녀에게 닿아버린 결정적 순간이었다.

"정말……?"

"그래, 정말, 정말."

"후후, 그렇구나."

눈물을 닦고 기분 좋게 웃는 사키호를 보면서 나는 그때 이미 그녀의 본질을 깨닫고 있었던 것 같다.

"사키호는 정서 불안이라 무섭구나……."

* * *

그런 생각이 떠오른 것은 역시 그녀의 정서 불안이 고등학생이 되어도 고쳐지지 않고 내 눈앞에서 계속 드러나고 있기 때문일까.

"어이~, 사키호 씨……?"

"……왜?"

비행기는 고도 약 1만 미터 상공.

고등학생 2인조에는 어울리지 않는 퍼스트 클래스의 페어 시트에 앉은 채 그녀가 나를 노려보았다.

모처럼의 1on1 데이트임에도 불구하고 그녀는 계속 이런 상태다.

정확히 말하면 1on1 데이트를 시작한 뒤부터가 아니라, 나스의 그룹 데이트를 마치고 돌아온 이후로 계속.

처음에는 그저 좀 졸리다든가, 벌레 있는 장소가 싫다든가, 다른 신부 후보(주로 오사키)에게 퉁명스러운 태도를 보이기 위함이라고 생각했는데, 아무래도 진심으로 화가 난 것 같았다. 이렇게까지 장기간 침묵했던 적은 나도 오랜 교제 기간 중 두 번째——내가 오사키와 사귀었을 때 이후로 처음이었다.

"몇 번이나 물어봤지만, 대체 왜 화가 난 거야?"

"몇 번이나 딱히 화난 거 아니라고 대답했지?"

롯폰기에 돌아온 이후에는 왜 화가 났는지를 알려주지 않는 것이 1on1 데이트에 초대하게 만들려는 작전일지도 모른다고 생각했다.

마침 확인하고 싶은 것도 있었기에(생긴 거지만) 일단은 그 작전을 실행하기 위해 1on1 데이트에 초대한 것인데, 데이트를 하러 왔음에도 여전히 기분이 언짢은 것을 보니 결국 무엇이 목적인지 그 이유를 알 수 없었다.

……아니.

사실 그녀가 왜 화가 났는지에 대해서는 어렴풋이 짐작이 갔다.

다만 그것을 알아냈을 방법을 생각하면 순순히 받아들이기 어렵다고 할까.

왜냐하면 그건 사키호가 내 스토커이기 때문에 알게 된 정보일 테니까.

"……혹시, 내가 키스받은 것 때문에 화내는 거야?"

"……!"

그 단어에 눈을 크게 부릅뜨고 나를 한 번 더 노려본 그녀는 시트 위에서 쪼그려 앉은 채 담요를 머리부터 뒤집어썼다. 아무래도 정곡인가 보다.

나는 작게 한숨을 내쉬었다.

오사키가 그날 밤의 일을 굳이 다른 사람에게, 하물며 사키호에게 이야기할 리는 없었을 테니, 사키호가 그날 밤 욕실에서의 대화를 어떤 방법으로든 듣고 있었다는 뜻이 된다.

"통기구인가?"

"……."

말없이 토라진 얼굴로 입술을 삐죽이는 사키호.

창문이나 커튼, 문을 완전히 닫아서 물리적 침입을 막는다고 해도 공기 자체를 가둘 수는 없다. 그러면 우리 목숨이 위험하다.

특히 숙박 시설의 욕실 통풍구는 각 방이 이어져 있는 경우도 많았다. 비즈니스 호텔 같은 곳에서는 옆방 욕실에서 콧노래가 들려오는 일도 흔하다고.

사키호가 그것을 이용해 평소처럼 스토커다운 도청행위를 하고 있던 와중, 나와 오사키가 욕실에서 나눈 대화를 듣고 말았다는 뜻이겠지.

샤워보다도 작은 소리로 대화했다고 생각했는데…….
적어도 오사키의 도청기에는 녹음되지 않았기를 바랄 뿐이다.

뭐, 들렸다면 어쩔 수 없지만.

그렇다고 해도 이렇게 비협조적이고 의사소통이 안 되는 상태라면 1on1 데이트에 사키호를 부른 의미가 없다. 확인하고 싶은 것도 확인하지 못하고 끝날 것이다.

"저기, 사키호. 그건."

"싫어, 듣고 싶지 않아."

뒤집어쓴 담요를 꽉 여민 채 무릎을 껴안고 더욱 작아진다.

"사키호……."

"듣고 싶지 않다니까!

사키호가 귀를 누르고 소리를 질렀다.

외친 소리에 순간 기내가 술렁였지만 역시 일등석. 문까지 닫힌 개인실 상태로 되어 있어 목소리가 난 곳까지는 파악하지 못했는지 곧바로 정적이 돌아왔다. 기분 탓이겠지, 하며 넘어간 것 같다.

그렇지만 한두 번 더 소리치면 승무원들도 제지하러 올 것이다. 어쨌든 여기는 일등석이다.

난감하네……. 그런 생각에 머리를 긁적이는데, 그녀가 젖은 눈동자를 한 채 담요 틈새로 나를 바라보았다.

"난 계속 아껴두고 있었어. 신이치와의 첫 키스."

왜 내 첫 키스를 사키호가 아껴두는 건데? 라는 말이 목구멍까지 나왔지만, 역시 그 말을 하면 또 그녀가 짜증을 낼 것이 뻔했기에 꾹 눌러 참았다.

그건 그렇고 내가 오사키와 사귀고 있던 시기도 있었는데 당연하다는 듯이 지난번의 그것을 퍼스트 키스라고 단정하고 있다. 즉 그녀가 스토커로서 그 시기에도 나를 거의 24시간 감시하고 있었다는 뜻이나 다름없었다.

했을 수도 있잖아. 해도 이상하지 않잖아. 안 했지만.

"그런데…… 흑……."

아무래도 나의 첫 키스를 상상하고 오열이 터진 듯했다.

"애초에 왜 같이 목욕을 한 거야?"

"어? 그 이유는 몰랐어? 듣고 있었잖아."

"응…… 왜냐하면 너희 둘, 알아듣지 못할 정도로 소곤소곤 이야기하고 있었잖아. 오사키 스미레의 목소리는 안 들렸어."

"내 목소리가 컸나?"

오사키의 목소리 톤이 더 높아서 잘 들릴 것 같은데…….

"아니. 나한테는 소음 속에서도 신이치의 목소리만 골라내서 들을 수 있는 능력이 있으니까…….'

"아, 그래…….'

뭔가 차분한 어조로 무서운 말을 하잖아, 이 사람.

"그중에서도 내가 알아들은 건 세 가지뿐이야. 그건."

"말 안 해도 돼."

"'오사키, 혹시 귀…… 약해?', '서 있는 거, 힘들어?'"

잠깐, 잠깐, 잠깐, 잠깐, 잠깐, 잠깐, 잠깐!

내 제지에도 아랑곳하지 않고 사키호는 말을 이어갔다.

"'……나 키스받는 거 처음인데'라고…… 흐윽……!"

"그만해……! 죽어……!"

내 대사만 뽑아내니까 수치심 대미지가 배로 늘어난다……!

"오사키 스미레 쪽에서 한 거라 그나마 다행이지만, 그래도……! 나, 신이치의 첫 키스를, 못 지켰어……!"

얼굴에 불이 날 정도로 수치스러워하는 내 옆에서 그녀는 어째서인지 처음으로 패배를 겪은 배틀 만화 속 주인공처럼 속상해했다.

덕분에 아주 조금 평정심을 되찾을 수 있었다.

"……이봐, 사키호."

"뭐야?"

사키호가 울먹인 채 한쪽 눈썹을 치켜들고 나를 노려보았다.

나는 음성만 듣고 오해하고 있는 그녀에게 사실을 자백했다.

"볼에 닿은 키스도 퍼스트 키스라고 하나?"

"……뽀?"

사키호가 이상한 소리를 냈다. "뽀?"라고.

"어. 볼이라니 뭐야? 무슨 말이야?"

"무슨 일이고 뭐고, 말 그대로야. 입술에 키스는 안 했어."

"정말?"

"정말로."

사키호를 달래기 위한 거짓말이 아니다.

그때 오사키가 한 것은 내 뺨에 한 키스였다.

"뭐야. 그랬구나……!"

사키호는 이히히, 하고 조금 전까지의 저기압 상태가 거짓말이었던 것처럼 웃더니,

"근데 말이야, 신이치?"

다시 한번 나를 노려보았다. 아니, 왜 또 화를 내는데……?

"볼 뽀뽀는 처음 아니잖아? 나 초등학교 때 신이치 뺨에 뽀뽀한 적 있는데?"

"아아, 그렇구나……."

"했잖아! 내가 첫사랑의 증거로 그때……."

거기까지 말하고 사키호는 가만히 입을 다물었다.

"……역시 됐어. 직접 기억해 주길 바라니까, 아직은 안 알려줘."

오해는 풀리고(?) 비행기는 목적지인 뉴욕시 맨해튼구에 도착했다.

맨해튼은 도쿄로 치면 긴자와 오모테산도, 롯폰기, 신주쿠, 신주쿠교엔을 한데 합쳐놓은 듯한 거리였다. 요컨대 전형적인 도시. 원조 메트로폴리스라는 느낌.

노란 택시도, 마천루도, 해외 영화에서 그대로 빼낸 듯한 세계관이었다.

그리고 길이 바둑판의 눈처럼 가지런히 교차해 있는 것도 특징 중 하나였다.

참고로 주조 씨는 우리를 검은색 리무진으로 맨해튼의 중심지이기도 한 센트럴파크 끝까지 바래다주고는, "나머지는 젊은 두 분이서 즐기시기를" 하고 농담 같은 말을 진지한 얼굴로 한 뒤 우리의 짐을 가지고 호텔로 가 버렸다.

"자, 이제 어쩔까."

겨우 출발선에 선 나는 이번 목적을 상기시켰다.

① 사키호는 '괴문서의 주인'인가?

② 첫사랑이 만약 이뤄진다면 사키호의 태도는 어떻게

바뀔 것인가?

그 두 가지를 확인하기 위해 선택한 곳이 바로 이곳 맨해튼이다.

"저기, 신이치?"

사키호가 아무렇지도 않게 내 팔에 자신의 팔을 휘감으며 올려다보았다.

"왜 맨해튼을 고른 거야?"

"모르겠어?"

"후후, 알겠다~."

내가 되묻자 사키호는 즐거워 보이는 얼굴로 히죽 웃었다.

사키호는 무슨 일이 있을 때마다 '우리 신혼여행은 맨해튼으로 갈 거지?'라며 마치 둘이서 이미 결정한 것처럼 말했었다.

맨해튼이라는 여행지도, 애초에 신혼여행을 가는 것 자체에도 찬성했던 기억은 없지만, 사키호가 그렇게 말했었으니 적어도 사키호에게 이곳은 그런 곳이었다.

그렇다면 나와 맨해튼에 왔을 때, 즉 결혼하면 하고 싶었던 큰 이벤트를 이뤘을 때 그녀가 어떤 변화를 보일지 궁금했다. 그것은 이번 데이트가 아니라 아마도 돌아간 후 그녀의 태도에서 드러날 것이다.

그리고 사키호가 괴문서의 주인인지 아닌지는 오늘 밤이면 알 수 있었다.

뭐, 그렇지만 일단 물어볼까?

"저기, 사키호는 그 괴문서가 발견됐을 때 뭐 하고 있었어?"

내가 물어보다 몇 초 전까지 살랑거리던 어깨가 흠칫! 하고 튀어 올랐다.

"……바, 방에 있었는데?"

"누구 방?"

"그, 그야 당연히 내 방 아닐까?"

왜 의문형이야.

"그렇구나. 그렇다면 역시 그날 밤 사키호에겐 알리바이가 없다는 거네?"

"그래, 유감이지만……. 아, 신이치! 핫도그다! 먹자!"

억지로 화제를 돌리듯 그녀가 핫도그 포장마차를 가리키며 그쪽으로 향했다.

첫째 날은 도착이 늦었기 때문에 카페 느낌이 나는 곳에서 아메리칸 사이즈의 저녁을 먹고 호텔로 향했다. 고등학생끼리 걷기엔 밤의 맨해튼은 안전하지 않았다.

호텔에 도착한 사키호와 나는 각자 체크인을 했다. 룸키는 해외 호텔치고는 드물게 열쇠를 열쇠 구멍에 넣는 타입이었다.

"그럼, 잘 자. 신이치."

"……응, 잘 자."

새벽 2시.

잘각잘각…… 달칵. 끼이익……. 달칵.

조용히 문이 열렸다가 천천히 닫히는 소리가 났다.

나는 속으로 한숨을 내쉬면서 침입자가 다음으로 향할 방향을 알아차리기 위해 청각을 날카롭게 세웠다.

뭔가를 훔칠 것인가, 아니면…….

그런 걱정을 하던 것도 잠시, 그 발소리는 이쪽으로 다가왔고, 그리고.

부스럭부스럭.

내가 잠든 침대에 숨어들었다.

그리고 등 쪽에서 내 허리 주위를 탐색하듯 만지기 시작한다.

"……그런 일은 사귀기 전까지는 안 한다고 하지 않았나?"

"아, 깨웠어?"

침입자──시나가와 사키호는 조금도 주눅 든 기색 없이 태연하게 대답했다.

"애초부터 안 잤어. 마음 편히 잘 수가 없으니까. 사키호, 대체 언제."

나는 인정하고 싶지 않은 사실을 물었다.

"피킹 기술을 습득한 거야?"

"그 정도는 당연히 알고 있어야 하는 상식 아냐?"

"당연한 것도 아니고 사키호는 비상식적이라고 생각하는데……."

피킹도 스토킹도 범죄라고.

"즉, 사키호에겐 알리바이가 있었다는 거네……."

"괴문서 날 밤 말이야?"

"맞아. 그날 괴문서를 가지고 방에 돌아왔는데 칫솔이 새 걸로 바뀌어 있었어. 그러니까 내가 사우나를 가기 위해 방을 나갔다가 괴문서를 가지고 돌아올 때까지 누군가 그걸 훔쳐서 바꿨다는 거지. 그런 짓을 할 사람은 사키호 뿐이야. 하지만 당연히 그 방 열쇠는 나만 갖고 있으니까, 다시 말해 사키호는 피킹 기술을 갖고 있다는 뜻이지."

"신이치는 뭐든 다 아는구나?"

사키호에 관한 것만, 이라는 말은 하지 않았다.

"그래서 카드키가 아닌 자물쇠 열쇠를 가진 호텔을 알아보고 주조 씨에게 예약을 부탁했어. 열쇠 방식 같은 건 사이트에 나와 있지 않아서 찾느라 고생했다고."

"와아, 신이치는 그걸 조사할 때 계속 날 생각해 준 거네?"

정말이지 기쁘다는 얼굴로 그녀가 말했다. 위험한 여자다…….

"그보다 그 훔친 칫솔은 늘 어쩌고 있는 거야?"

"뭘 하고 있을 것 같아?"

"아, 역시 됐습니다."

대답을 듣기가 두려워 존댓말로 뚜껑을 덮어버렸다. "어쩌고 있느냐?"는 말의 대답이 "뭘 하고 있을 것 같아?"라니.

"……그래서 오늘도 칫솔이라도 훔치러 올까 싶었는데. 왜 오늘은 침대에 들어왔어? 사실 내가 눈치를 못 챈 것뿐이고 늘 이러는 거야?"

"아니, 오늘이 처음인데?"

그런 말을 하면서 사키호는 나를 등 뒤에서 끌어안았다. 중학교 이후로 급성장한 부드러운 감촉이 그 크기를 주장했다.

아무리 소꿉친구가 상대라도, 어딘가가 이상한 반응을 보일지도 모른다. 그보다 지금 조금씩 몸이 앞으로 구부러지고 있었다.

"그럼 어째서?"

"……덮치러 온 건데?"

사키호는 잠시 망설이듯 틈을 두더니 귓가에 속삭여왔다.

"오사키 스미레가 키스한 게 뺨이라는 건 알았어. 난 신이치를 믿어. 신이치가 거짓말할 때의 버릇도 안 보였고. 하지만 말이야."

그녀의 목소리 온도가 훅 낮아졌다.

"오사키 스미레가 입술에 키스하려고 했다면, 신이치는 거부했을까?"

"……글쎄."

사실상 거부한다거나 하지 않는다거나 그런 문제가 아니었다. '이제부터 키스할 거야'라는 말을 들은 것도 아니고, 순간적인 일이었기 때문에 나의 둔한 반사 신경으로는 어떻게 할 도리가 없었을 것이다.

"그렇지? 그러니까 차라리 뺏길 바에야 내가 먼저 다 가져갈까 하고."

"웃……!"

그렇게 말한 사키호가 내 목덜미 근처를 핥았다. 그 고혹적인 감촉에 온몸에 소름이 돋았다. 좋은 의미의 소름인지 나쁜 의미의 소름인지는 모르겠지만, 어쨌든 온몸에 오싹한 느낌이 들었다.

"내가 제일 신이치의 처음을 소중히 여기고 있는데, 신이치가 멋대로 누군가에게 줘버리면 안 되잖아?"

그리고 티셔츠 안에 오른손을 넣어왔다.

"……?!"

스윽…… 하고 검지가 내 가슴 위를 닿을 듯 말 듯 교묘하게 더듬는다.

"그리고 말이야, 이 유학이 끝나면 신이치는 나랑 약혼하겠지? 내가 이길 테니까. 그래서 신이치와 '연인'은 될 수 없다는 걸 깨달았어. 아아, 쓸쓸해, 아까워. 연인 사이가 되고 싶었는데. 그런데 반대로 생각해 보니까 지금이 연인이나 다름없다는 걸 깨달았어. 임시 연인이라고 할까, 사

실상 연인이나 다름없는 거잖아? 좀 인기가 많아서 공공
연하게 6다리나 걸치고 있는 곤란한 남자친구지만."

수수께끼 이론을 펼치면서 자신의 허벅지를 내 허벅지
위에 얹듯이 감아온다.

"그러니까 사실상 연인인 나에게 신이치의 처음을 줘.
그리고."

내 경직된 손을 스윽, 자신의 허벅지 부근으로 이끌었다.

"내 처음을 받아줘."

"야, 야……!"

어떻게 된 거야, 사키호. ……설마 진심인 건가?

"계속 만지고 싶었어, 계속 만져줬으면 했어, 계속 알고
싶었어, 계속 알아줬으면 했어, 계속 받고 싶었어, 계속 받
아줬으면 했어, 계속, 계속, 계속, 계속……!"

나는 결국 참지 못하고,

"사키호, 그러면 안 되잖아."

그녀의 어깨를 잡아 침대에 밀어 넘어뜨렸다.

"이런 식으로 계속한다면……."

플라워 세리머니에서 떨어뜨릴 거야, 라고 말하기 직전
에 말을 멈췄다.

협박은 내가 가장 멀리해야 할 수단이고, 사키호가 행동
을 고친다고 해도 그녀를 떨어뜨릴 가능성이 있는 이상 무
의미한 약속이었다.

"……신이치, 정말 가여워."

내가 아랫입술 깨물고 있자, 내 볼에 사키호가 손을 감싸왔다.

"신이치가 인맥 미니멀리스트가 된 진짜 이유, 난 알아."

"뭐……?"

사키호가 눈동자를 촉촉하게 적신 채 입을 열었다.

"신이치는 사실 누구보다 상냥해서 남이 상처받는 걸 보고 싶지 않은 거잖아? 누군가에게 상처를 입히는 걸 제일 싫어하지? 그래서 그렇게 되지 않기 위해 모두를 멀리하는 거지?"

"……!"

"그런데 누군가에게 상처를 줘야 하는 프로그램에 말려들다니, 신이치의 엄마도 참 잔인한 짓을 했네."

그 자비로운 표정에 나는 내 눈이 점점 커지는 것을 느꼈다.

"그러니까 그거, 전부 다 내가 받아줄게."

"무슨 뜻이야……?"

"내가 뉴욕에 신이치를 감금해 줄게."

그렇게 말한 그녀는 어느 틈에 훔친 것인지 내 여권을 들어 자신의 바지 안쪽에 넣어 버렸다. ……젠장, 덮친다니 뭐니 하는 건 거짓말이고 그게 목적이었던 건가.

"신이치의 여권은 지금 내가 훔쳤어. 신이치는 내가 없

으면 일본으로 돌아갈 수도 없게 됐어. 그러니까 신이치는 피해자처럼 있으면 돼. 그리고 5년 전부터 예정했던 대로, 이대로 뉴욕으로 신혼여행을 가자."

"……안 돼, 사키호."

"어째서? 이 방법이라면 신이치는 아무도 다치게 하지 않고 유학을 마칠 수 있는데?"

마음속 어딘가에서 순간적으로 매력적인 제안이라고 생각해 버리는 자신을 발견했다.

하지만 안 돼. 그래서는 안 된다.

"나는 스스로 납득한 후에 이 유학에 참여했어. 사키호의 제안을 받아들일 수는 없어."

내가 떨리는 손으로 여권을 되찾기 위해 손을 뻗자,

"……신이치 바보."

사키호는 눈동자에 맺혀 있던 눈물을 닦고 침대에서 스르르 빠져나갔다.

그리고 세면장을 거쳐 방에서 나갔다.

이 상황에서도 칫솔은 가져가는 거냐고…… 어이없어하면서 나는 내 이마를 손바닥으로 감쌌다.

"아니, 그것보다 여권 어쩌지……."

다음 날 아침.

새 칫솔로 이를 닦고 있는 내 방문을 누군가가 노크했다.

문을 열자 주조 씨가 서 있었다.

"시나가와 님이 캐리어를 들고 체크아웃을 해 버리셨습니다."

"체크아웃……? 그럼 이제 여기 사키호는 없나요?"

"네, 그리고 이것이 시나가와 님의 방에서 발견되었습니다."

주조 씨가 내민 메모지에 적혀 있던 것은.

『신이치에게. 첫사랑의 장소에서 기다리고 있을게요. 사키호』

"우와, 힌트 완전 적어……!"

첫사랑의 장소라는 게 어디지? 역시 교토에 있는 건 아닐 테고. 하지만 맨해튼이라니, 같이 오는 것 자체가 처음인데…….

힌트는 분명 그날의 수학여행 때 있을 것이다.

나는 그날 스타벅스를 나선 뒤의 일을 다시 한번 떠올렸다.

* * *

"어, 팬티에서 돈을 꺼낸 거야……?!"

차를 마시고 싶어 자판기 앞에서 내가 돈을 꺼내 들자, 사키호가 눈을 부릅떴다.

"아니, 팬티가 아니라…… 바지랑 팬티 사이에 얇은 허리 파우치를 달고 있어. 여기라면 소매치기를 당할 위험도 없고, 양손도 비어서 편하니까."

"허어…… 그런 게 있구나."

"저학년 때 뉴욕에 따라간 적이 있는데, 위험한 장소길래 여권을 여기다 넣고 행동했거든. 잘 때도 말이야. 여행 중에 소매치기 당할까 봐 걱정하기는 싫잖아?"

결국 그 후 둘이서 가모가와 강변을 걷거나 하면서 자유행동 시간을 보낸 뒤 집합 장소로 돌아가게 되었다.

그렇게 돌아가는 길, 사키호가 내 옷을 잡아당겼다.

"신이치, 교토에 와본 적 있어? 지도도 안 보고 잘 걸어가네?"

"교토의 거리는 위에서 보면 바둑판 눈처럼 되어 있잖아? 그러니까 본인이 어디에 서 있는지 지도를 보지 않아도 대체로 알 수 있어. ……사전 학습 때 배운 거지만."

"그랬던가……?"

"아니, 수업에서 다 말한 거잖아."

"음……? 그거 아마 신이치 말고는 아무도 기억 못 할걸?"

"그럴 수가……!"

그럼 수업 시간에 다들 뭐해? 반대로 심심하지 않아?

"달리 그런 거리가 있을까? 가능하면 해외에서."

"왜 해외야? 으음, 글쎄. 아, 아까 이야기했던 뉴욕 맨해튼이 그랬다고 들은 것 같은데."

"맨해튼? 거기가 어디야?"

"뉴욕이라니까. 미국. 그곳도 거리가 바둑판의 눈처럼 돼 있고, 그 옆에 이스트 리버라는 강이 있거든. 교토에서 보면 가모가와랑 비슷한 느낌이 아닐까? 이스트 리버에는 가본 적 없으니까 모르겠지만."

내가 친절하게 하나하나 설명해 주자 사키호는 흠흠, 하더니 곧 생긋 웃었다.

"그럼 신혼여행은 거기로 가자!"

"아아, 신혼여행 말이지…… 뭐? 신혼여행? 가자고? 누가?"

당황하는 내 뺨에 사키호는 살짝 입술을 갖다 대고.

"그야 우리지? 그리고 그때는 또 똑같이 나를──."

* * *

"그렇구나, 신혼여행이라는 건 그때……!

번뜩 떠오른 생각에 무심코 입 밖으로 소리가 새어 나왔다.

그래, 그렇다면.

『그리고 그때는 또 똑같이 나를──.』

오랜 인연이다. 그 앞에 이어지는 말 정도는 안다.

『──찾아줘.』

"······라고 해도, 스타벅스가 왜 이렇게 많아?!"

1시간 후, 나는 이스트 리버를 따라 자리한 스타벅스를 하나하나 뒤지며 돌아다니고 있었다.

일본과 달리 맨해튼에서는 한 블록마다 스타벅스가 있다. 일본에서 말하는 편의점과 비슷한 빈도다. 이스트 리버 강변으로 한정해도 무수히 많았다. 가모가와 강변과는 비교할 수 없을 정도로!

15번째로 방문한 스타벅스 테라스석에서 간신히 그녀의 모습을 발견하고 말을 걸었다.

"하아, 하아······. 사키호, 혼자 뭐 하는 거야?"

"당연히 신이치를 생각하고 있었지."

"그래서, 왜 이런 짓을 한 거야? 어제 일이 그렇게 화가 났어?"

카페라테를 시킨 뒤 그녀 옆에 앉아서 물어보았다.

"아니, 그 유혹에 신이치가 넘어가지 않을 거라는 것 정도는 나도 알고 있었어."

"어, 그래······?"

"응, 나는 줄곧 신이치를 따라가기만 했잖아? 그래서 전략을 좀 세워본 거야. 이름하여 『두근두근★신이치가 쫓아오게 만들기 대작전』!"

"그게 절도와 도망이야?"

"에이, 또 그렇게 말한다. 그럼 못쓰지~?"

나무라는 누나처럼 말하지만, 아무리 생각해도 잘못한 것은 그쪽이었다.

"하지만 이렇게 날 쫓아보니까 내가 중요하다는 생각이 들었지?"

"사키호라기보단 사키호가 훔친 내 여권이 중요한데?"

"또 그런다~."

아니, 그거 가져가면 나 못 가. 잃어버린 적이 없어서 모르겠지만 대사관이나 이런 데 가야하고 여러모로 힘들어지잖아?

"……그래도 찾아줘서 기뻤어."

감상에 젖은 미소를 지으며 사키호가 중얼거렸다.

"그때의 일, 떠올려준 거지?"

"힌트는 적었지만 말이야. 내가 떠올리지 못했으면 이대로 여기서 계속 기다렸을지도 모르는데?"

"그런 일은 있을 수 없어. 어느 정도의 힌트로 신이치가 떠올릴지 아닐지 정도는 알고 있거든."

그렇게 말하며 기분 좋게, 자신의 앞에 있는 아직 따뜻한 커피를 마시는 사키호.

"하아……."

어제의 유혹에 넘어가지 않는 것도 그렇고, 내가 사키호를 찾을 때까지의 시간도 그렇고.

"뭐든 다 아는구나, 사키호는."

아아, 대놓고 던져버렸구나, 라고 생각했을 때는 이미 늦었다.

그녀가 히죽 웃으며 말을 뱉었다.

"다 알진 못하는데? 신이치에 관한 것만."

롯폰기 스카이타워에 돌아온 지 이틀이 지난 어느 저녁의 일.

거실에 모두 모여 두 번째 1on1 데이트 상대 발표를 기다리고 있었다.

"음, 긴장되네" 하고 시나가와 사키호가.

"사키호만은 아닐 테니까 안심해도 돼. 아예 방에 돌아가서 자지 그래?" 하고 시부야 유우가.

"유우도 아마 아닐 텐데? 스미레도, 그치이?♡" 하고 메구로 리아가.

"그 정도는 자각하고 있어. 후보는 2명밖에 없잖아" 하고 오사키 스미레가.

"사실상 1명인가? 히라카와가 부탁을 들어준다면, 이지만" 하고 칸다 레오나가.

"……그러면 좋겠는데요" 하고 가만히 이쪽을 바라보는 히라카와 마논.

그러는 와중 주조 씨가 말한 이름은.

"오사키 스미레 씨, 1on1 데이트에 가주세요."

"나……?"
눈을 동그랗게 뜨고 놀라는 오사키와,
"오빠……!"
아랫입술 깨문 채 나를 보는 마논이 거기 있었다.

제7장
사랑 or 죽음

"와아, 오늘은 한층 더, 음…… 아름답네, 오사키?"

"어머, 고마워. 히라카…… 신이치 군이야말로 음…… 의욕이 없어보…… 적당히 힘 빠진 눈이 참 멋있네. 그나저나 긴장하고 있는 거야? 성을 부르다니 서먹하게. 둘이 있을 때는 이름으로 부르기로 약속했잖아?"

인도네시아 발리섬.

"아하하. 그랬지, 스미레……."

"후후후. 몰라, 신이치 군도 참……."

그 중심지에 위치한 번화가의 한 카페에는 식은땀을 흘리며 함께 뺨을 씰룩이고 있는 '전' 커플이 있었다.

두 번째 1on1 데이트에 발리섬을 수배해 준 것은 주조 씨였다.

'오사키 스미레와 수영복 차림으로, 되도록 프라이빗하게 있을 수 있는 공간으로 가고 싶어요. 가능하다면 해외로 해주시면 더 감사하겠습니다'라는 말을 했더니 개인 수영장이 딸린 발리의 한 숙박 시설(빌라라고 한다)을 준비해 준 것이다.

'프라이빗한 곳에서 수영복을 원하시는 건가요? ……꽤 나갔군요'라고 하며 주조 씨가 눈살을 찌푸린 것은 뭔가 좀 충격이었지만. '꽤 나갔다'라니, 뭔가 가슴에 와닿는 워드 초이스네…….

숙소에 짐을 두고, 한번 수영복으로 갈아입으면 거리로 나가는 게 귀찮아질 것 같아서 점심 먼저 먹으러 나왔다가 사건은 벌어졌다.

어디까지나 전 커플의 적절한 거리감으로서 아주 조금 떨어져서 걷고 있었는데.

……찰싹.

갑자기 오사키가 내 오른쪽 몸에 그녀의 왼쪽 몸을 붙여 온 것이다.

"오사키……?"

"왜 그래, 신이치 군? 평소처럼 허리에 손을 감아줘도 괜찮은데?"

"음……? 신이치 군? 허리……?"

"자자, 사양하지 마. 모처럼 단둘뿐이잖아."

오사키는 나의 오른팔을 잡아 자신의 허리 근처로 가져갔다.

그녀의 가냘프고 매끈한 허리둘레의 감촉이 손의 신경을 통해 전해졌다. 뭐야, 뭔데……?!

"아, 맞다. 여기 오기 전에 맛있어 보이는 가게를 메모해

왔어, 봐봐."

그렇게 말한 그녀는 내 팔 안에서 핸드폰 화면을 나에게 보여주었다.

"……아아. 맛있겠네."

열려 있던 것은 메모장 앱.

거기 표시되어 있는 말은.

『지금 오사키 홀딩스 인간에게 감시당하고 있어. 현지인들 사이에 섞여 있어.』

……아아, 그런 거였나. 일부러 해외까지 온 보람이 없었네, 하고 신음했다. 아니, 오히려 해외에 나와서 그런 것일지도 모르지만.

내가 '가능하면 해외'라고 지정한 이유는 어쩌면 해외라면 오사키의 도청기가 송신되지 않을 수도 있지 않을까 하는 기대에서였다.

일본 국내 모바일 데이터 통신에 대응하고 있다고 해도 해외 로밍 통신까지 대응한다고는 할 수 없다. 오히려 도청기 같은 물건이 모바일 데이터 통신에 대응하는 것 자체가 통신사업자인 오사키 홀딩스이기 때문에 가능한 것이라면, 해외의 통신사업자와도 연결되어 있다고 생각하는 것은 부자연스러웠다.

그렇다면 오사키의 본가에 녹음된 음원이 전달되는 것은 적어도 일본으로 돌아간 이후부터라는 이야기가 된다. 그러니 도청기를 방치한 채 한동안 시간을 보내면서 해외에 있는 동안은 개입을 막을 수 있을 거라고 생각한 것이다.

하지만 역시 상대 쪽도 그 정도는 파악하고 있던 것인지 기계에 의지하지 않고 육안, 육성 스토킹을 위해 사복 에이전트를 파견한 것 같았다. 스토커는 한 명으로도 충분한데 말이지.

"이 가게도 좋을 것 같은데, 어때?"

그러면서 그녀는 두 번째 메모를 보여주었다.

『그러니까 나와 알콩달콩한 커플을 연기해줘.』

"으음?!"

그 문장에 그만 큰 소리가 나서 황급히 입을 다물었다.

"왜 그래? 마음에 안 들어?"

"아, 아니! 너무 맛있을 것 같아서 무심코 목소리가 튀어나왔어."

"그래? 그럼 다행이고. 그거 말고 이런 가게도 있어."

스와이프와 플릭.

『도청기로 보낸 정기 보고에서 지난번 나스 이후로 히라카와 군은 나에게 홀딱 빠졌고 시즌1에서 1위 통과 확정이라고 전해뒀거든.』

"어째서?!"

큰일났다. 무심코 본심이 튀어나오고 말았다. 그보다 홀딱 빠졌다니, 뭐야 그 어휘력은.

"어, 어떻게 이런 고급 식재료를 제공할 수 있지?"

이상한 음성이 섞이면 위험했기에 순간적으로 얼버무렸다.

"그건 이걸 보면 알 수 있어."

『내가 두 번째 이하의 존재라고 판단되면, 첫 번째 사람을 처분할 수도 있으니까.』

"처, 처분……!"

"응, 최고의 물건을 제외하고는 전부 처분한다나 봐."

감시하는 사람에게는 가게의 유통 경로 같은 것에 제대로 감동하는 것처럼 보이고 있을까.

"어, 그럼 만약 이…… 방식에 실패하면 어떻게 되는 거야?"

즉, 알콩달콩한 커플을 연기하지 못했을 경우는 어떻게 되는가? 라고 시선으로 뜻을 덧붙였다.

"……종료하게 되겠지."

"종료……?"

"이렇게 되는 거야."

『거짓말한 벌로 나는 살해당해.』

"뭐?! 그렇게까지?!"

"응. 이 사진, 끔찍하지? 폐업한 데다가 완전히 재기할 수 없을 만큼 가게를 산산조각 내……. 실패하면 이렇게 되는 거야."

"마, 말도 안 돼……."

어, 살해당한다고? 나 말고 오사키가? 알콩달콩하지 않다는 이유로? 굉장한 사고방식이네, 오사키가 일동…….

"그렇게나 심각하구나……. 아아, 이거 어쩌지……."

"그렇게 고민된다면."

스와이프, 플릭.

"두 번째 장소로 할까?"

그리고 다시 한번 그녀는 두 번째로 보여준 메모를 화면에 표시시켰다.

『그러니까 나와 알콩달콩한 커플을 연기해줘.』

"물론 내가 두 번째 여친인 건 안 되지만 말이야."

……그리하여 전 커플인 우리는 알콩달콩한 커플이라고 하는 수수께끼의 설정에 따라 행동하게 된 것이다.

카페. 현지 직원이 샌드위치와 커피를 가져다주었다.

오사키 것은 연어와 크림치즈 샌드위치, 내 것은 치킨과 아보카도 마요네즈 샌드위치다.

"마요네즈, 여전히 좋아하는구나."

"뭐, 그렇지. 그런 걸 여태 기억하고 있었어?"

"앗."

앗?

"어머, 내가 '여전히'라고 했나? '마요네즈, 좋아하는구나'라고 말했을 뿐이야. 환청이라도 들었어?"

"난 '여전히'라는 부분을 지적하지는 않았는데……?"

스스로 허점을 드러내고 있는데…… 그렇게 생각하면서도 지적을 넣었는데, 그녀의 관자놀이에 핏대가 서 있는 것을 발견했다.

표정으로 '알콩달콩한 커플에겐 있을 수 없는 발언도 하지 말아줄래?'라고 말하고 있다. 죄송합니다, 그랬었죠…….

"오사…… 스미레도 크림치즈 좋아하는 건 변하지 않았네."

"……어? 기, 기억해 준 거야……?"

그러자 오사키가 눈을 동그랗게 떴다.

아니, 그 반응. 너무 솔직하잖아.

"사, 사랑하는 스미레의 취향을 잊을 리가 없잖아?"

"아, 응…… 고마워……. 기뻐……."

야, 야, 야, 야……! 볼 붉히면서 수줍게 고개 숙이지 말라고……! 이런 건 서로 연기라는 걸 아니까 성립할 수 있는 거잖아……?!

"머, 먹을까?"

"그, 그래!"

우리는 복잡하게 뒤얽힌 갖가지 감정들을 얼버무리듯이 눈앞의 접시에 손을 가져갔다.

샌드위치라고 해도 역시 해외 사이즈. 한 손으로는 아슬아슬하게 잡을 수 없을 정도로 컸다. 나이프와 포크로 썰어볼까도 싶었는데, 버거 봉투(이 경우엔 샌드위치 봉투?)가 붙어 있어서 그것으로 싸서 양손으로 감싸 안았다.

"맛있네……!"

"응, 그러게."

진짜 맛있었기에 여기선 연기할 필요가 없었다. 아니, 딱히 알콩달콩과 음식 맛은 상관없지만.

"어, 신이치 군. 여기 묻었는데?"

오사키가 자신의 입술 끝을 가리키며 내 입술 끝에 붙은 마요네즈를 알려주었다.

"아아……."

내 손가락으로 닦으려는데, 바로 손목이 붙잡혔다.

"아, 잠깐만. 기회야."

기회?

"……다, 다른 신부 후보 앞에서는 거절했으니까."

그녀는 내 그곳에 묻은 마요네즈를 검지로 닦아내고 할짝, 핥았다.

"오사키……?!"

"……마, 맛있네."

오사키는 스스로가 벌인 일이 부끄러웠던 것인지, 화르륵 하고 다시금 뺨을 붉게 물들였다. 아니, 나야말로 쑥스러운데요……!

부끄러움에 살짝 촉촉해진 눈동자로 잠시 나를 바라본 오사키는, 드디어 버그가 시작된 것인지 자신이 가지고 있는 샌드위치와 나를 번갈아 보고는,

"내, 내 것도 맛있어! 신이치 군도 한입 먹어봐!"

그렇게 말하며 샌드위치를 내밀어왔다.

"아, 아~ 해……!"

"이거, 간접키스 아닌가……?"

이렇게까지 해……?!

"키, 키스……! 이, 이제 와서 그런 일로 두근거리다니 히라, 신이치 군은 초심을 잃지 않는구나! 아무리 지나도 순수하다니까! 어라? 그러고 보니까 초심이랑 순수가 같은 한자*였네?"

오사키, 너무 당황한 거 아냐……?! 무슨 말인지 모르겠는데……?!

"어, 어쨌든 먹어줘! 간접 키스 정도는 항상 다른 애들 몰래 딥키스하고 있는 우리한테는 별것도 아니잖아! 그렇지?"

"디, 딥키스?!"

오사키 씨, 일단 너 사장 자제 아니야?! 그런 말을 초이스해도 되는 거야?!

"제발 히라카와 군, 이 이상 부끄럽게 하지 말아줘……!"

작은 소리로 말하면서 촉촉하게 젖은 눈동자로 나를 노려보는 오사키.

---

*일본어로 初心은 순진, 순수하다라는 말로도 읽을 수 있다.

이 이상 계속되면 무슨 말을 꺼낼지 알 수 없었기에 나는 그녀의 손에서 덥석 샌드위치를 받아먹었다.

"어, 어때? 맛있어?"

"아아, 응……!"

솔직히 맛 같은 건 잘 모르겠지만…….

"그, 그래…… 그렇다면 다행이네."

가게를 나서자 내 오른손에 스윽, 순백의 고운 손이 다가왔다.

"오사…… 스미레……!"

……연인들이 하는 손깍지다. 연애할 때도 안 해본 방식.

"너무 과하게 반응하지 말아줘. 익숙하지 않다는 걸 들키겠어."

"오, 오오…….."

작은 소리로 주의를 주고 있지만, 그쪽 귀도 새빨갛잖아…….

손을 잡은 채 조금 걸어 면세점으로 향했다.

"신이치 군. 여권 잘 챙겨왔어?"

"어?"

무심코 내가 여권이 있는 허리춤을 누르자,

"안 훔쳐……. 내가 그렇게까지 신용이 없어……?"

그녀가 슬픈 얼굴로 눈썹을 축 늘어뜨린다. 아, 이건 진짜다…….

그 모습이 좀 가여웠던 나는 "사실 최근에 좀 도둑맞아서…… 되찾긴 했지만" 하고 간단히 설명했다. 그것만으로 상황을 헤아려준 것인지,

"……곤란하네, 그 스토커도. 내 신이치 군에게 다가오지 않았으면 좋겠는데."

그렇게 말하며 쓴웃음을 지었다.

"그리고 보니 유학 오디션 때 네 프로필에 있던 사진, 네 여권 사진이더라."

"그래? 뭐, 사진은 잘 안 찍으니까……."

"그리고 보니 그랬지. 그때도."

"그때?

"저기, 그……."

머뭇거리다가, 둘러대도 소용없다고 생각한 것인지 오사키는 순순히 자백했다.

"그, 오락실에서 스티커 사진? 을 찍으려고 했던 적이 있었잖아."

"아…….."

나는 그때를 떠올리고 볼을 긁적였다.

사귄 후 처음으로 한 데이트에서 온실 속 화초였던 오사키의 희망으로 오락실에 가게 되었는데, 그때 내가 거절했

던 걸 말하는 거겠지.

"상처 많이 받았었어. 나도 상당한 용기를 내서 같이 찍자고 한 건데 '무리예요……'라고. 그때 넌 아직도 존댓말을 썼으니까."

"그랬었죠……."

나와 오사키의 만남은 합동 학원제 때 같은 실행 위원장으로서 만난 것이 처음이었다.

다른 학교 선후배라는 관계로 만났으니 당연히 존댓말을 썼지만, 사귀기 시작한 지 조금 지났을 때 "히라카와 군, 연인 사이에는 보통 존댓말은 안 쓴다는 것 같아…… 쓰면 안 되는 거 아닐까?"라고, 무슨 칼럼을 본 것인지 조사를 한 것인지 오사키에게 그 말을 들은 것이 계기가 되어 반말로 바꾸게 되었다.

"그때는 너무 슬퍼서 거기까지 물어보진 않았는데…… 괜찮다면 왜 사진을 찍고 싶지 않은지 물어봐도 될까?"

드물게 조심스러운 태도로 나를 보는 오사키에게, 딱히 숨기는 것도 아니었기에 솔직하게 대답하기로 했다.

"나는 내 외모를 좋아하지 않아."

"……그렇, 구나."

간단한 대답에 오사키는 조금 쓸쓸한 듯 눈을 내리깔았다.

"그게 너의 자기 평가구나. 뭐, 사람마다 다르지. 내 의견과는 정반대이지만, 그렇다고 네 감상을 부정할 이유는 없어."

"정반대?"

『앗.』

……이라고 또 말할 줄 알았는데, 오사키는 그런 것도 없이 말을 이었다.

"네 외모에 매력을 느끼는 사람도 있다고 생각해. 넌 그렇지 않아도 말이지. 애초에 네 외모는 널 구성하는 요소의 극히 일부일 뿐이고, 실제로 나는 네 외모를 포함해서 널 좋아하는 것뿐이야."

"아, 응. 정말 고마워, 스미레. 나도 스미레의, 음……."

내가 오사키의 연기를 받아치기 위해 입을 움직이는데,

"아니, 그게 아니야."

그녀가 내 말을 가로막았다.

"이건 지금이라서 하는 말이 아니야. 사실이야, 히라카와 군."

일부러 속삭이듯 작은 소리로 나에게 말해 준다.

"그나저나 신이치 군. 뭐 갖고 싶은 건 없어? 신부 후보에게 사갈 선물이라든가?"

"아, 어어……."

허를 찔려서 할 말을 잃은 나는 애매한 반응을 돌려주었다.

"그러고 보니 다른 애들 선물도 사가는 게 좋으려나?

아얏."

잡힌 손등에 손톱을 세운 탓에 무심코 목소리가 나왔다.

"라는 건 농담! 다른 여자한테 들일 돈 같은 건 없어! ……스미레에게 뭔가 선물을 사주고 싶은데."

"어머, 기뻐라!"

과장되게 기뻐하는 스미레 씨.

"하지만 난 선물 같은 건 괜찮아. 3,000엔 정도 하는 초콜릿 태블릿만 사줘도 그것만으로도 기쁠 거야."

"초콜릿 태블릿이라는 건 판 초콜릿을 말하는 거야……? '3,000엔 정도'라니, 나름 사양해서 말한 거겠지만, 그거 꽤 고액이다?"

"어?"

이봐, 진짜냐고. 진짜로 놀라지 마라.

"저, 정말 농담을 잘한다니까, 스미레는!"

"응! 1,500엔…… 정도지?"

"아하하……."

"아니구나……."

나의 노골적으로 경직된 미소에 더는 얼버무릴 수 없다고 판단한 오사키는 추욱 어깨를 늘어뜨렸다.

"너와는 금전 감각이 별로 다르지 않다고 생각했는데……. 하지만 그랬지. 너희 집은 '철저하게 일하지 않는 자 먹지도 말라'였으니까."

"잘 기억하고 있네, 그런 걸."

그녀가 말한 '철저하게 일하지 않는 자 먹지도 말라'는 것은 우리 집 가훈이랄까, 관습이었다.

유치원 형님반 때 정도부터 용돈은 집안일을 함으로써 얻어야 했다. 욕실 청소 1회 5엔, 설거지 1회 3엔, 쓰레기 버리기 1회 10엔…… 그런 식으로 철이 들었을 무렵부터 나에게 있어서 돈은 노동의 대가였던 것이다.

그래서 금전 감각에 대해서는 오히려 대부분의 동급생 이상으로 엄격하다는 자부심이 있었다.

"그런 훈육을 하면 히라카와 군 같은 아이로 자라는구나, 라는 생각에 묘하게 인상에 남았을 뿐이야."

"애를 나처럼 키우고 싶은 거야……?"

"앗."

그보다 그 이전에 히라카와 군이라고 했는데.

"피곤해……."

되지도 않는 연기를 펼친 후, 우리는 우리들의 개인 수영장이 딸린 저택으로 돌아왔다. 나는 그곳에 있던 메모지에 메시지를 써서 그녀에게 보여주었다.

『여긴 감시당하지 않아?』

그 메모를 본 오사키는 "인도네시아어를 공부했구나, 하지만 철자가 틀려"라고 말하며 슬며시 그 밑에 덧붙였다.

『안타깝게도, 아직 감시는 받고 있어.』

"그렇구나."

"그래도 아쉬웠네. 이쪽은 정답이야."

『수영장 안에서는 아마 목소리는 들리지 않을 거야.』

"……그렇군."

주위를 살피지 않고 고개를 끄덕이는 오사키의 모습이 조금 부주의해 보이기도 했지만, 뭐, 그녀가 그렇게 말한다면 그런 거겠지.

"그럼 신이치 군. 나는 옷 갈아입고 올게."

그녀는 그렇게 말하고는 수영장 옆, 오두막 형태로 세워진 자신의 방으로 들어갔다.

나무들이 살랑거리는 소리가 옷감이 스치는 소리처럼 들렸다.

욕실에서 순식간에 옷을 갈아입은 나는 갑판 의자에 앉아 롯폰기 스카이타워 라이브러리에서 가져온 책에 시선을 떨어뜨렸지만, 무엇 하나 머리에 들어오지 않았다.

그렇다고 고개를 들어 눈앞에 있는 프라이빗 풀을 시야에 넣으면 괜한 상상을 해 버릴 것 같고, 그렇다고 왼쪽 옆에 세워진 유리로 된 침실 오두막을 시야에 넣는 것은 말도 안 되는 일이었다.

저 커튼 너머에서 그녀는 지금 옷을 갈아입고 있을 테

니까.

나도 모르게 예민해질 것 같은 왼쪽 눈의 시신경을 애써 토닥이면서 어떻게든 책에 적힌 글씨를 읽으려고 노력하고 있던 그때였다.

"오래 기다렸지, 신이치 군."

또랑또랑한 맑은 목소리가 들려와 고개를 들었다. 그리고 나는 할 말을 잃었다.

……여신이잖아.

오사키가 입고 있는 수영복은 위아래 검은색으로 된 비키니로, 가슴에는 레이스로 만들어진 리본이 달려 있었다.

어쩐지 쑥스럽다는 듯 몸을 비트는 오사키.

"네가 입으라고 한 거다?"

"그런 식으로 말하면……."

어떻게든 소리를 내면서 조금씩이지만 컨디션을 되찾으려 노력했다.

"따, 딱히 수영복을 입히는 게 목적이었던 건 아니야."

"그럼 뭐가 목적이야?"

"……옷을 벗기는 것?"

"수영복보다 더하잖아…… 변태."

아니, 그렇긴 한데 그게 아니라……. 나는 도청기가 없는 상태인 오사키와 차분히 대화를 나누고 싶었을 뿐이다.

그러기 위해서는 수영복을 입거나 옷을 벗을 필요가 있

었고, 그중 하나라면 당연히 수영복을 선택할 수밖에 없다. 알몸보다는 낫지 않은가.

"그래서 저…… 소감은?"

오사키는 또다시 팔짱을 끼고 물어왔다.

"으음…… 굉장히 잘 어울린다고 생각합니다."

"……그래?"

캐릭터에 어울리지 않게 볼을 붉힌 그녀는 휙 시선을 돌리고 만다.

"그럼 수영장에 들어갈까, 히라카와 군?"

모처럼 준비해 준 수영장에서 우리는 침묵과 함께 그저 몸을 맞대고 있었다.

개인 수영장은 학교 수영장의 4분의 1 크기였다.

둘이서 아무것도 안 하고 가만히 있기에는 지나치게 넓었지만, 오사키도 나도 물을 서로에게 끼얹거나 꺅꺅거리며 노는 법 따위는 알지 못했다. 하지만 그런데도 알콩달콩한 연기를 해야 한다면 그 정도밖에 떠오르지 않는다.

……아니, 이런 변명을 늘어놓을 때가 아닌가.

무엇 때문에 수영복 차림을 했는지를 잊은 것은 아니다.

하지만 왠지 모르게 그 말을 꺼내는 것이 무섭달지, 부끄럽달지.

왜냐하면 그 내용은 '전 연인과의 이별 이야기 진상 파악'이라는, 어떻게 보면 이별 이야기 자체 이상으로 어색한 화제였으니까.

"저기…… 히라카와 군."

……그런데도 그때는 온다.

"그날의 변명을 해도 될까?"

"……그래."

갑자기 오사키는 이야기를 시작했다.

"애초에 내가 너한테 처음으로 다가간 건 아빠한테 명령을 받았기 때문이야. 이른바 정략 연애의 장기말로 움직인 거지."

"그렇겠지……."

나스의 밤에 했던 이야기에서 예상은 하고 있었다. 그래도 한숨이 한 번 새어 나왔다.

"그럼 학교 축제 때 실행위원에 들어간 것도?"

"응, 애초에 너희 학교와 우리 학교가 합동 축제를 하게 된 것도 우리 아빠의 책략이었어."

"역시 오사키 홀딩스 사장님. 영향력이 굉장하군……."

"너희 아버지만큼은 아니겠지만."

오사키가 난처해 보이는 미소를 지었다. 그녀가 이 표정을 짓고 있을 때만큼은 사실대로 말하고 있을 거라는 생각이 들었다.

"그럼 그 고백도 거짓말이었다는 거네?"

내가 오사키와 사귀기 시작했을 때, 먼저 고백을 해 온 사람은 오사키 쪽이었다.

"그렇게 생각해도 어쩔 수 없지. 히라카와 군의 첫인상은 최악이었으니까……."

"아니, 답이 되지 않았는데……. 그보다 내 탓이냐고."

"그치만 기억나? 네가 처음에 한 말."

"음…… 뭐였었죠……?"

시치미를 뗐지만 기억하고 있었기 때문에 무심코 당시와 같은 말투가 되고 말았다.

그런 내 존댓말을 "후후" 하고 미소로 받아넘긴 그녀가,

"'나는 내가 생각하고 납득한 것 외엔 하지 않기로 결정했어'라고 말했어."

토씨 하나 틀리지 않고 말했다.

"건방지게 굴어서 죄송합니다……."

아니, 딱히 신조 자체는 지금도 똑같긴 하지만…….

"……반반, 이려나."

"반반?"

"아까 대답. 정략 연애 때문에 고백한 것도 사실이야. 하지만……."

오사키는 또다시 난처한 웃음을 지었다.

"……널 좋아했던 것도 사실이야."

"그럼 왜 갑자기 사라진 거야?"

최대한 냉정하게 말하려고 노력했지만 목소리 끝에 날카로움이 돋아나고 말았다.

"네게 히라카와를 물려줄 생각이 없다고, 네 아버지께서 말씀하셨으니까."

"내 아버지가……."

"그래, 우리 아빠한테 말했다나 봐."

처음 듣는 말이었지만, 그것은 아마 사실일 것이다. 내가 '고등학교에 들어가면 집을 나가겠다'라고 아버지께 말한 시기와도 부합한다.

"나는 오사키 가문의 장기말일 뿐이야. 히라카와가 사장이 되지 못한다면, 다른 혼담이 제기되었을 때 너와의 교제는 장애가 될 뿐이겠지."

"그렇, 구나……."

"물론 저항은 했어. 하지만 그랬더니 우리 아빠가 너한테 해를 가할지도 모른다는 암시를 해 오더라. 나 때문에 네가 상처받는 게 가장 두려웠어."

"그래서 어느 날 갑자기 연락이 끊어진 건가……."

"응, 난 고등학교 수험을 쳤고, 이전과는 다른 고등학교에 다녔어. 히라카와 군과 관련된 모든 것을 끊어내고…… 끊어진 지 2년 정도 지났을 무렵일까. 어느 날 내 폰으로 모르는 번호로 전화가 걸려왔어. 그게 바로 주조 씨였고,

내용은 연애 유학 초대였지."

주조 씨, 직접 오사키를 초대했던 건가…….

"나는 바로 아빠에게 이야기했어. 그가 히라카와 그룹의 사장이 된다면 문제없지 않으냐고. 그런데도 내 마음을 의심한 아빠는 조건부로 참여를 허락했지. 그 조건이 '자신의 발언을 모두 녹음해서 보내는 것'이었고."

"그런 거였나……."

당시 그걸 알았으면 좀 다르지 않았을까 하는 생각이 먼저 들었지만, 곧 알았다고 해서 뭘 할 수 있었을까 하는 생각이 연이어 들었다.

분명 나는 당시에 그 말을 들어봤자 지금과 마찬가지로, "그런 거였나……"라고 중얼거렸을 뿐이겠지.

"오사키는 어떻게 하고 싶은데?"

"어떻게 하고 싶냐니……?"

오사키에게 되묻고, 뒤늦게 조금 갑작스러운 질문이었다는 사실을 깨달았다.

"지금까지는 오사키 가문의 아가씨로서 집안에 이익이 되는 일을 하는 게 옳다고 생각한 거잖아? 그럼 지금은 어떻게 하고 싶은 건가 하고. 집안을 위하고 싶다는 생각은 있어?"

"더는 아무래도 상관없어. 집안 사정 따위."

"아무래도 상관없어?"

나는 눈을 가늘게 뜨고 고개를 갸우뚱했다.

"응, 난 너와 함께 있을 수 있다면 뭐든 다 포기할 수 있어. 히라카와 군이 어디론가 간다면 다 내려놓고 같이 따라가고 싶어. 나의 꿈은 말이지, 히라카와 군……."

오사키는 진지한 얼굴로 내 눈을 바라보았다.

"……너와 함께 살아가는 거야."

"오사키……."

그 강한 마음에 몸이 굳었다.

……하지만 그건. 그렇다면 왜?

"히라카와 군이야말로 내 삶의 이유야."

목구멍까지 올라온 말을 내보내지 않고,

"……그렇구나."

나는 그것을 살짝 눌러 삼켰다.

"저기, 하나 물어봐도 될까?"

"응?"

"그날, 왜 내 고백을 받아줬어?

"어어? 이제 와서 왜 그런 질문을……?"

"부탁이야, 알려줬으면 좋겠어."

저항을 시도해 보았지만, 가만히 나를 바라보는 그 눈동자가 그 어느 때보다도 올곧아서, 외면하면서도 대답해 버리고 말았다.

"……좋아했으니까, 당연히."

"왜? 어디를?"

퉁명스럽게 대답한 내 말에 더한 질문이 날아왔다. 그 얼굴에는 짓궂은 미소가 떠올라 있지도 않았다. 필사적으로 답을 원하는 어린아이 같은 표정이었다.

"아니, 들으면 환멸을 느낄지도 모르는데? 흔한 중학생 남자애가 사람을 좋아하는 이유라면…… 그보다 말하는 것도 좀 부끄러운데……."

"중학생 남자…… 어? 혹시 야한 짓을 할 수 있으니까, 뭐 그런 이유?"

"아니, 그건 아니지만……."

나는 볼을 긁적였다.

"꼭 말해야 하나?"

"응, 부탁해. 말하지 않는다면 내 몸이 목적이었다고 생각하면서 평생을 살아가게 될 거야."

"그건 싫어……."

적어도 나의 순수한 첫사랑의 추억이었다. 조금이라도 더 아름다운 편이 좋았다.

나는 체념하고 작은 소리로 고백했다.

"……오사키의 적…… 전부가 좋았어."

"저, 전부……?!"

오사키가 눈을 부릅떴다. ……그래서 말하고 싶지 않던 건데.

"저, 전부라니, 그 '전부'? 내가 아는 '전부'가 맞아?"

"그거 말고 무슨 전부가 있는데……. 그래, 그 성격도, 얼굴도, 목소리도 전부…… 할 때의 그 전부야."

어머니의 말에 따르면 그것은 사랑일 수도, 사랑이 아닐 수도 있다. 사실 이해는 일치하지 않았던 셈이니까.

하지만 당시의 나에게는 그런 상대에게 고백을 받은 상황에서 대항할 방법이 없었다.

"……!"

"잠깐, 여기서 침묵하면 어쩌자는 거예요……?"

"지금 타이밍에서 존댓말, 너무 좋아……!"

"하아……."

그런 묘한 페티시즘을 건드릴 생각은 없었는데…….

"으음, 그, 그럼 저…… 나도 말할게."

"아니, 말 안 해도……."

오사키가 중얼중얼 무언가를 말하기 시작했다.

"나도, 히라카와 군의 전부가 좋아."

"……!"

"나도 히라카와 군의 외모가 좋아, 목소리가 좋아, 성격이 좋아. 그리고."

현재형의 고백에 허를 찔려 당황한 나에게, 오사키는 마지막 공격을 가해왔다.

"그 전부가 만약 변해 버렸다 해도, 히라카와 군을 정말 좋아해."

"오사키……!"

"……지금도, 그래. 그것만 알고 있어줘."

물에 젖은 검은 머리카락이 달빛에 반사되어 묘하게 아름다웠다.

"그, 그건 그렇고! 아까 '전부'를 '적부'라고 말할 뻔했지?"

"엥?"

부끄러움이 한계를 돌파했는지, 그 표정을 단숨에 뒤바꾼 오사키가 나를 놀리기 시작했다.

"중요한 상황에서 말을 씹는 버릇은 변하지 않았구나. 지난번 건배사 때도 그렇지만, 학교 축제 개회식 인사 때도……."

"그쪽이 그렇게 나온다면 계속 모른 척하고 있었던 거, 나도 말한다?"

"어?"

헤어졌을 때의 일은 오사키 스미레 본인의 잘못은 아니었다는 걸 알았다. 그렇다 해도 다소 상처를 입었다는 것은 변치 않는다.

그렇다면 이 정도 보복은 해도 되지 않을까.

"발리에 와서 감시당하고 있다는 거, 거짓말이지?"

"……!"

그러자 그녀의 볼이 밤의 어둠 속에서도 알 수 있을 정도로 화르륵 불타올랐다.

그 반응으로 나는 예상을 확신으로 바꿨다.

일본에서 했던 도청은 아마 사실이겠지만, 발리에 온 뒤에도 에이전트가 감시하고 있다는 것은 오사키 본인이 떠올린 거짓말이다.

"……언제부터 눈치챘어?"

"처음부터."

"처음부터?!"

눈을 부릅뜬 오사키. 평소 늘 냉정하던 그녀가 이런 다채로운 표정을 짓는 걸 보니 조금 재미있었다.

"뭐, 뭘 근거로?"

"내가 오사키를 좋아한다 해도 호칭까지 바꿔서 알콩달콩한 커플을 연기할 필요는 없잖아? 게다가 오사키가 나한테 수줍어할 필요는 더더욱 없고."

"앗……!"

앗?

"그, 그럼! 왜 그때 지적하지 않았던 거야……!"

"확신이 없었으니까. 위험을 감수하고 지적하는 것보단 연기에 맞춰주는 편이 낫다고 생각해서."

"네 그런 점만큼은 옛날부터 정말 싫었어……!"

오사키가 눈동자를 촉촉하게 적신 채 나를 노려보았다.

"본인이 받을 리스크만 생각하고. 내 리스크도 좀 생각해 줄 수 있잖아……!"

"미안하네, 리스크 관리는 중요하게 생각하는 편이라."

"윽……!"

어린애처럼 뺨을 부풀리는 오사키는 "몰라!" 하며 내 가슴팍을 내리쳤다.

"어차피 '왜 그런 거짓말을 한 거야'라고 생각하겠지?"

"아, 아니……."

'그건 어쩐지 대충 짐작이 가니까 굳이 말할 필요 없다'라는 장황한 말을 할 새도 없이 오사키가 말을 이었다.

"히라카와 군과 그때 하지 못했던 연인다운 일을 하고 싶었단 말이야……!"

완전히 아이 같은 말투네…….

"손을 잡거나, 먹여주거나, 간접키스에 두근거리면서도 아무렇지도 않다는 얼굴을 하거나, 함께 쇼핑하거나…… 나스에서 오토바이를 둘이 함께 타고 싶었던 것도 그래! 그런 걸 사실은 계속하고 싶었다구!"

"오사키……."

'나도 그랬어'라는 달콤쌉싸름한 과거형의 말은 살짝 삼켜두었다.

그녀를 고르게 될지 어떨지는 아직 알 수 없었으니까.

"지금은 그걸로 괜찮아, 신이치 군."

그런 내 심정을 헤아린 것인지, 그녀는 나를 살며시 껴안고 웃는 얼굴로 속삭였다.

"……언젠가 성이 똑같아지면, 꼭 나를 스미레라고 불러줘."

제8장
진상이 드러나는 온 더 비치

"신, 너 뭘 좀 아네!"

머리 위에 찬란하게 빛나는 태양이 무색할 정도로 반짝이는 눈동자. 그리고 스마트폰 카메라를 나에게 향한 채 인기 유튜버 시부야 유우는 웃었다.

"푸른 하늘! 흰 구름! 푸른 바다! 아직 오지 않았지만, 수영복을 입은 미소녀들! 뭘 찍어도 그림이 되는 최고의 장소야!"

"아, 으응……! 여, 여길 고른 게 나는 아니지만……?"

눈앞에서 몸을 앞으로 굽힌 탓에 수영복 차림의 건강한 피부와 탄력있게 주장해 오는 가슴 골짜기를 직시하지 못한 나는 시선을 옆으로 피하며 작은 목소리로 대답했다.

나는 유우와 단둘이 모래사장 위에 놓인 덮개 달린 침대(카바나라고 한다)의 가장자리에 앉아 있었다.

오늘은 시즌1의 마지막인【전원 데이트】. 장소는 괌의 프라이빗 비치였다.

이 수백 미터 이어진 해변이 전세라는 사실만으로도 놀라운데, 그곳에는 카바나나 해먹, 바 카운터와 테이블까지 몇 개 있고 어째서인지 탁구대까지 있었다.

"나는 첫 데이트 때 추가 데이트권을 받아버렸잖아. 그이후로 롯폰기 풍경만 계속 찍어대느라 화면이 매번 똑같았단 말이지. 데이트에 못 갔던 여자애들의 일상 같은 건 꽤 찍었지만."

"아, 응……."

"그보다 잠깐! 아까부터 왜 고개를 숙이고 있는 거야? 이쪽 좀 봐줘, 오랜만에 출연하는 거니까!"

그렇게 말한 유우는 내 턱을 휙 돌려서 자신 쪽을 향하게 했다.

스마트폰 카메라를 들고 있는 유우는 "응, 신의 수영복 차림도 나쁘지 않네"라며 만족스럽게 고개를 끄덕였다. 그 순수한 칭찬에 조금 기뻐하는 자신이 있었다.

"아, 다들 얼른 안 오려나~. 옷 갈아입는 데 시간이 너무 오래 걸려! 나처럼 아침부터 옷 아래에 수영복을 입고 오면 됐을 텐데!"

"초등학생 같은 짓을 하는구나……."

사실 그게 더 효율적이긴 했으니 고등학생이 되었다고 해서 평범하지 않다고 할 필요는 없을지도 모른다.

다만 이번 경우 아침이라는 것은 롯폰기(일본)를 출발한 새벽의 일로, 즉 수영복을 입은 상태에서 공항에 가서 비행기를 타고 입국 심사를 받고 호텔에 들러 체크인을 하고 여기에 와 있는 셈이니 역시 용의주도함에도 정도가 있지 않을까 하는 생각은 든다. 뭐, 딱히 자유롭게 하면 그만이지만.

"아앗!♡ 유우, 신이치 군이랑 단둘이다! 치사해애!"

그런 이야기를 하고 있는데, 노린 것처럼 뺨을 부풀리며 전 아이돌 메구로 리아가 찾아왔다.

"리아, 옷 갈아입는 거 빠르네!"

"역시 일본에서 입고 온 유우보다는 못하겠지만, 아이돌이니까 의상을 빨리 갈아입는 것엔 자신 있어♡."

그렇게 말하며 내 오른쪽에 딱 붙어 앉아 내 오른팔을 껴안는다.

꾸욱. 오른팔의 신경을 자극하는, 아무리 시간이 지나도 익숙해질 수 없는 부드러운 감촉에 이번에야말로 그쪽을 볼 수 없게 되었다.

"이쪽 봐줘, 신이치 군♡."

"아니, 그, 딱히, 안 봐도 되잖아."

"어라? 말투가 어색한데에? 얇은 옷이라 반응한 걸 들켜버린 걸까?♡"

알고 있다면 굳이 되묻지 말아줬으면 좋겠다. 이 사람 사우나한 후엔 그렇게나 '이상형의 여친'스러운 느낌이었는데, 소악마 모드에만 들어가면 왜 이렇게 되는 거냐고……!

도움을 청하기 위해 왼쪽 옆을 바라보자 "흠……?" 하며 왠지 차가운 시선과 함께 카메라를 들고 있는 시부야 유우

씨. 어째서냐.

"저기, 신이치 군. 이쪽 안 보면 볼에 쪽 해 버린다?♡"

"그건 하지 말아줘⋯⋯."

뺨이라고 해도 키스는 키스다. 기습이라면 몰라도 안 이상 허락은 할 수 없었다.

"그럼 이쪽 봐줘♡. 숫자 센다? 10, 9, 8⋯⋯."

카운트다운을 시작하는 리아. '그때까지 이쪽을 바라보지 않으면 뺨에 쪽 할 거야?♡'라는 뜻이겠지.

"5⋯⋯ 4⋯⋯ 3⋯⋯."

키스를 받는 것보단 리아를 직시하는 게 훨씬 낫다. 어쩔 수 없지, 얌전히 그쪽을 바라보자.

"알겠⋯⋯?!"

"⋯⋯응♡."

⋯⋯응?

⋯⋯ '⋯⋯응♡'?

나는 눈을 떴다.

초점이 맞지 않을 정도로 코앞에 있는 매끄러운 피부와 부드러운 머리카락.

이거 혹시⋯⋯!

내 뇌가 겨우 그 상황을 따라잡으려던 그때.

""뭐어어어어어어어어어어어어어어어어어어?!""

조금 떨어진 방향에서 두 여자의 믿을 수 없을 만큼 커다란 목소리가 들려왔다.

"최악, 최악, 최악, 최악, 최악, 최악, 최악, 최악……!"

오른쪽 옆에서는 소꿉친구 시나가와 사키호가,

"저질, 저질, 저질, 저질, 저질, 저질, 저질, 저질……!"

왼쪽 옆에서는 전 여친 오사키 스미레가, 스테레오로 원한이 느껴지는 말을 중얼거리고 있었다.

나는 아까 메구로 리아의 뺨에 키스를 해 버리고 말았다.

내가 고개를 돌린 끝에 리아의 뺨이 있었다고 말하는 편이 더 정확하지만, 그것은 멀리서 보면 알 수 없는 일이었다. 그리고 마침 옷을 갈아입고 이쪽으로 오던 사키호와 오사키에게 목격되고 만 것이다.

참고로 리아는 사키호와 오사키에게,

"딱히 신이치의 입술이 스미레의 것도, 사키호의 것도 아니잖아? 그렇게 따지면 레오나도……."

사우나에서의 악행을 폭로하려고 했지만,

"조용히 해, 메구로?"

마침 그곳에 온 칸다에게 입이 막힌 채 끌려가고 말았다.

참고로 나중에 온 마논은,

"이해할 수 없어요. 이 분위기, 대체 무슨 일이 있었던 거죠……?"

"마논, 자초지종을 보여줄게."

갑자기 기분이 언짢아 보이는 유우에 의해 끌려갔다.

그리고 남겨진 것이 이 세 명. 내 전 여친과 소꿉친구가 공포스러운 상황을 조성하고 있었다.

"저기, 신이치. 신이치가 직접 남에게 한 키스는 저게 처음이지? 신이치의 첫 키스는, 소중히 아껴달라고, 내가 말하지 않았나?"

"히라카와 군은 불결하구나. 사귀는 동안에도 키스를 하지 않길래 혼전 키스는 하지 않는다는 남다른 긍지를 가지고 있다고 생각했는데."

"아니, 내가 먼저 한 게 아니라……."

"신이치가 먼저 했잖아?" "히라카와 군이 먼저 했잖아?"

두 사람의 입에서 비슷한 태클이 들어왔다. 오늘 두 사람, 호흡이 척척 맞네요…….

"오해라니까…… 유우가 자초지종을 촬영한 것 같으니까 나중에 보면……."

""그건 또 무슨 고문이야?!""

또다시 스테레오로 울먹이며 소리치는 소리가 들렸다.

꿀 먹은 벙어리가 된 그때, 구원의 소리(?)가 들려왔다.

"오래 기다리셨습니다. 여러분, 전부 모여주세요."

주조 씨가 박수를 치며 시선을 집중시켰다.

"마지막 데이트의 '대결 과제'를 발표하겠습니다."

""……대결 과제?""

프라이빗 비치 안에 있는 정자 같은 장소.

"마지막 전원 데이트에선 대결은 없다고 하지 않았나요?"

"좋잖아! 서프라이즈, 최고야! 마침 몸이 굳어 있었는데!"

칸다가 주조 씨에게 질문하자 옆에서 유우가 준비 운동 같은 것을 시작했다.

"급히 한 번의 추가 데이트 기회가 더 있었으면 좋겠다는 요청이 있었습니다."

"그런 거야, 신이치?"

"맞아."

데이트는 고사하고 한 가지, 아직 해결되지 않은 것이 있었다.

"과제가 뭐죠?! 발표해 주세요, 주조 씨!"

유우가 카메라를 주조 씨에게로 향했다.

"마지막 대결 과제는 '신이치 님 퀴즈'입니다."

""신이치 님 퀴즈……?""

칸다와 오사키가 얼굴을 찌푸렸다.

응, 당연히 나도 그 네이밍은 좀 이상하다고 생각했다. 하지만 '심플 이즈 베스트입니다, 신이치 님'이라며 주조 씨의 고집이 완고했지…….

"이제부터 신이치 님이 좋아하는 색, 좋아하는 숫자, 좋아하는 알파벳, 좋아하는 동물을 예상해서 여기 종이에 적어주세요. 참고로 신이치 씨에게는 사전에 내선 통화를 통해 정답을 받아두었습니다."

"그 정도는 간다뿀!"

"간다뿀……? 시나가와 씨, 무슨 일 있어?"

"음음~?"

사키호는 아마 "그 정도는 간단하지!"라고 말하려다가 스스로 입을 누른 것 같았다.

"그거라면 사키호가 너무 유리하지 않을까?"

하지만 말을 멈춘 보람도 없이 리아가 질문을 날렸다. 뭐, 그럴 수밖에.

"그런 말을 할 거라면 아까 신이치에게 했던 뽀뽀를 돌려받고 싶은데? 볼, 잘라서 떼어내도 돼?"

"우와, 사키호의 눈이 진심이야, 신이치 군……!"

나한테 말해봤자…….

"하지만 그걸 굳이 괌에서 하는 의미가 있나요?"

칸다는 여전히 의아한 표정을 짓고 있었다. 마치 추가 데이트가 있으면 곤란하다는 식으로.

"즉석으로 정해진 게임이니 양해를 부탁드립니다. 또한 추가 데이트는 전세 잠수함이므로 아마도 괌에서만 할 수 있는 일이 아닐까 싶습니다."

"잠수함! 한번 타보고 싶었는데! 최고야!"

"그럼, 여러분 정답을 적어주세요."

주조 씨가 종이를 다섯 장 나눠주었다.

그동안 그녀만은 그때까지 한마디도 하지 않은 채 진지한 얼굴로 우리를 물끄러미 바라보고 있었다.

5분 후.

전원의 해답 용지를 바라보고 동그라미를 쳐 나가는 주조 씨.

"해답이 전부 모였습니다. ……그리고 모든 문제에 정답을 맞히신 분이 계십니다."

"어라~? 누굴까?"

"봐, 그래서 불공평하다고 말한 거야……."

사키호가 본인이라고 확신한 듯 가슴을 폈고, 리아가 얼굴을 찡그렸다.

"그분은……."

하지만 주조 씨가 말한 이름은 사키호가 아니었다.

"히라카와 마논 님입니다."

"말도 안 돼……?!"

사키호가 눈을 부릅떴다.

"잠깐만?! 나 무조건 다 맞았을 텐데? 좋아하는 색은 검정, 좋아하는 숫자는 1, 좋아하는 알파벳은 A, 좋아하는 동물은 사자 맞지?"

"아니요, '이번 정답'은 좋아하는 색은 흰색, 좋아하는 숫자는 3, 좋아하는 알파벳은 S, 좋아하는 동물은 기린이었습니다."

"그게 무슨……! 신이치, 무슨 말이야?! 언제 바뀌었어?!"

"뭐, 바뀐 건 아니지만……."

"이게 어떻게 된 걸까?"

오사키가 얼굴을 찡그렸고, 그 옆에서 마논이 아랫입술을 깨물었다.

"이걸로 확실해졌어. 스카이타워 거실 테이블에 놓여 있던 괴문서의 주인이."

"함정치고는 너무 알기 쉽다고 생각했습니다만……."

나는 그 '범인'을 바라보고 천천히 입을 열었다.

"'괴문서의 주인'은 마논이었지?"

"……네."

"그리고 괴문서에 적혀 있던 '반칙을 한 사람'은 아마도 여기 있는 전원일 거고."

"……신이치, 무슨 말이야?"

사키호의 질문에 나는 모두를 바라보았다.

"여기 있는 전원, 마논과 거래를 했지?"

"······!"

다섯 명 전원이 전율하듯 몸을 떨었고, 그 뒤의 무언이 긍정을 나타내고 있었다.

"생각해 보면 간단해. 내부 네트워크 구축에는 마논이 관련되어 있어. 즉, 내부 네트워크상에서 벌어진 일을 보는 것 정도는 어렵지 않은 일이라는 거지. 내선 통화를 통한 대화도 말이야. 덕분에 처음 두 그룹 데이트의 행선지와 대결 내용을 마논은 알고 있었다. 그걸 전원에게 '다른 사람한테는 비밀이다'라고 하면서 전해줬고. 거래의 조건은, 뭐······. '한 번 마논을 도와준다', 뭐 그런 건가?"

"뭐야, 그럼 다른 사람들도 다 알고 있었다는 거야······?!"

충격을 받은 채 마논 쪽을 바라본 리아에게 마논은 고개를 끄덕였다.

"충격이야····· 신이치 군은 어떻게 알았어?"

"우선, 디아슬리 데이트에서는 세 사람 다 준비가 너무 완벽했어."

"아······." "윽······." "아하하, 듣고 보니 그러네."

연예인 세 명이 저마다 소리를 냈다.

"우선 유우. 나무젓가락으로 제비를 만들어왔었지? 딱 맞게 3개. 심지어 그거, 본인이 1등이 되도록 조작한 걸 테고. '2, 2, 3'이나 '2, 3, 3'인 제비를 만들어서 다른 두 명에게 먼저 뽑게 하고 '남은 번호는 1번이니까 나는 1번'이라는 식으로."

"꼭 이기고 싶었으니까! 주도면밀한 전략이야!"

당당히 외치는 시부야 유우. 이것은 그녀 기준으로 과연 멋진 삶인 걸까, 하는 의문이 들었지만 그런 걱정은 할 필요가 없었던 것 같다. 그녀가 납득하고 있다면 상관없다.

"그래서 칸다는 체육복을 준비했고, 리아는 리아밖에 모르는 장소를 준비해뒀어."

"들켰네, 아하하."

"윽, 잘 넘겼다고 생각했는데⋯⋯."

두 사람도 인정했다.

"그리고 마논은 나스에서의 데이트 때도 똑같이 그 내용을 두 사람, 즉 사키호와 오사키에게 알려줬지."

"와아, 오사키 스미레도 알고 있었다니⋯⋯."

"시나가와 씨도 알고 있었구나⋯⋯."

"이쪽도 준비가 너무 완벽했어. 허브차니 된장이니⋯⋯."

두 사람이 고개를 푹 떨궜다.

"그 교환 조건으로 사키호와 오사키에겐 슈퍼에 가는 가위바위보 때 '마논, 여기선 꼭 이기고 싶어요. 마논은 보를 낼 거예요'라며 심리전을 부추겼다. 그리고 칸다와 리아에게는 내가 사우나에 갈 타이밍을 알려줘서 마주치게 했다. 아마 다들 '그렇게 해도 되나?'라고 생각했을 거야."

"맞아요."

마논이 아랫입술을 깨물며 고개를 끄덕였다. 오사키가 "잠깐 괜찮을까?"하고 그 옆에서 손을 들었다.

"거래해놓고 할 말은 아니지만…… 마논 씨가 그렇게까지 한 목적은 뭐였어?"

"1on1 데이트, 더 말하자면 가장 마지막의 1on1 데이트를 원했어요."

그 질문에는 마논이 직접 대답했다.

"만담 그랑프리, 피겨스케이팅…… 일정 부분 주관을 포함해 득점을 매기는 경기에서는 출전 차례가 후반부인 쪽이 더 유리한 구조로 되어있죠. 게다가 이번에는 추가 데이트 이상으로 1on1 데이트가 압도적으로 시간도 길고 체험의 밀도도 높을 것 같았어요. 사실상 그랬고요."

"음……." "그렇지……."

어쩐지 쑥스러운 듯 고개를 끄덕이는 사키호와 오사키. 그런 식으로 반응하면 밀도 높은 뭔가가 있었던 것처럼 보이잖아…….

"평범하게 생각해서 1on1 데이트에 갈 수 있는 사람은 그룹 데이트에서 많은 이야기를 나누지 않은 사람일 거예요. 그래서 마논 이외의 모든 사람이 그룹 데이트에서 오빠와 많은 이야기를 나눴으면 했어요."

"그것 때문에 우리한테 정보를 전달했다는 거야?"

"네, 그리고 연예인 팀에서는 리아 씨에게만 스킨십을

하면 해피 호르몬이 분비된다는 사실을 전했어요. 그리고 감금을 하게 해서 리아 씨가 많은 이야기를 해 주기를 바랐고요. 만약 리아 씨 이외의 분이 우승해서 추가 데이트를 간다면 1on1 데이트에 진출할 후보는 1명으로 줄어들 테니까요."

"와아, 감쪽같이 당해버렸네……."

리아가 이럴 수가, 하며 보란 듯이 자신의 이마를 콩 때렸다.

"나스 데이트에서는 거래 조건을 사용해서 딱 한 번 오빠와 단둘이 있을 타이밍을 얻었어요. 거기서 마논은 오빠에게 1on1 데이트 신청을 받기 위한 포석을 깔아뒀고요."

"포석이라니?"

"……그건 비밀이에요."

아마 그것은 '단둘이 하고 싶은 말이 있어요'라는 대사일 것이다. 사실 그것 덕분에 마지막 1on1을 오사키로 할지 마논으로 할지 고민했었다.

"그리고 확실하게 하기 위해 괴문서도 만들었어요. 추가 데이트를 하러 간 유우, 스미레 씨는 놔두고 레오나 씨와 리아 씨에겐 오빠와 사우나에서 마주치는 것으로 알리바이를 만들어줬고요. 오빠가 저녁 식사 후 딱 2시간 뒤 사우나에 간다는 것은 남자 목욕 출입 기록으로 알고 있었으니까요."

"나는?"

"사키호 씨는 마논이 아무것도 하지 않아도 멋대로 알리바이를 만들어 주니까요."

"아, 확실히. 난 그때 신이치의 방에 숨어있었으니까."

"넌 좀 죄책감이라는 걸 느껴……."

사키호가 납득했고 오사키는 어이없어했다.

"오빠 정도의 추리력이 있으면 괴문서의 주인은 마논이라는 걸 알 수 있었을 거예요. 하지만 반칙을 한 사람은 단정할 수 없었겠죠. 왜냐하면 가장 큰 반칙을 쓴 건 마논인데, 그 시점에서 마논은 반칙의 혜택을 아무것도 받지 않았으니까요. 그래서 오빠가 반칙을 한 사람을 알아보기 위해 마논을 선택할 거라고 생각했어요. 거기서 처음으로 오산이 있었습니다."

"추가 데이트를 간 내가 마지막 1on1 데이트에 초대받은 거 말이지……."

마논이 나를 빤히 쳐다보았다.

"왜 오빠는 마논이 아니라 사키호 씨와 스미레 씨를 선택했나요?"

나는 똑바로 쳐다보며 말했다.

"사키호의 알리바이가 확정된 시점에서 마논의 책략이라는 건 알았어. 이미 그걸로 충분하다고 생각했거든."

"……충분하다?"

"그래, 마논이 이 유학에 진심으로 임하고 있다는 것도, 마논이 보호받아야 하는 여동생이 아니라 자립적인 인간이라는 것도 알았어. 모르는 사람과 대화하는 것에 그렇게나 서투르던 마논이, 다른 사람을 상대로 교섭까지 했잖아. 그걸로 충분했어."

거의 외톨이나 다름없었던 여동생의 성장에 그만 미소가 지어지고 말았다.

"그래서 나는 그때 가능한 한 빨리 대화해야 한다고 판단한 오사키와 1on1 데이트를 하기로 한 거야."

"그렇군요⋯⋯."

"게다가 이 전략의 어느 부분도 나는 반칙이라고 생각하지 않아."

나는 단언했다. 이것은 중요한 일이었다.

"아무도 잘못하지 않았어. 이건 단순한 거래야. 그러니 시즌1의 플라워 세리머니에는 조금도 악영향이 없을 거라고 장담할게."

6명 사이에 흐르고 있던 긴장감이 다소 이완되었다.

"감사해요, 오빠⋯⋯!"

그런데도 여전히 미안함에 눈을 내리깔고 있는 마논에게 말을 걸었다.

"허?"

마논이 이상한 소리를 냈다.

"그럼 갈까, 마논?"

"이해할 수 없어요. 어딜 말이죠?"

"당연히 추가 데이트지? 나는 한 말은 반드시 지키는 사람이야."

"하지만 그건 마논의 반칙을 드러내기 위한 작전 아니었나요……?"

눈을 끔뻑이며 마논이 고개를 갸우뚱했다.

"여기까지 포함해서 마논의 전략승이잖아?"

"……오빠는 사람이 너무 착해요."

그제야 비로소 마논은 웃어주었다.

"와아…… 예뻐요, 오빠."

마논이 잠수함 창문으로 바깥의 물고기를 보며 작게 환호성을 냈다.

"그러게……. 저기, 마논. 그건 괜찮아?"

"이해할 수 없어요. 무슨 말이죠?"

나는 살짝 목소리를 낮추고 그녀에게 작게 중얼거렸다.

"단둘이 할 이야기가 있다는 거. 그건 진짜였잖아?"

만담 그랑프리가 어떻다는 식의 이야기는 아마 그 자리를 모면하기 위해 한 거짓말일 것이다. 마논이 그런 불확실한 유리함 때문에 추가 데이트의 기회를 버렸을 거라고는 보기 어려웠다.

즉, 마논에게는 정말 단둘이 하고 싶은 이야기가 있었고, 그러기 위해서는 1on1 데이트에 올 필요가 있었다는 뜻이 겠지.

"오빠."

마논은 약간 당황한 모습으로 내 귓가에 입술을 가져왔다.

"그건, 정말로 완전히 단둘이 있을 때가 아니면 안 돼요."

내게서 떨어진 그녀는 진지한 얼굴과 사파이어 빛 눈동자로 나를 물끄러미 바라보았다.

제9장
6명의 메인 히로인, 5개의 부케

"그럼 여러분, 마음의 준비는 되셨습니까?"

나와 6명의 신부 후보는 롯폰기 스카이타워 옥상 리조트 수영장에 모여 있었다.

첫날, 음료 파티가 열린 행사장과 같지만, 그 긴장감의 질도 양도 그날과는 사뭇 달랐다.

이유는 명백하고도 잔인했다.

이들 6명 중 1명, 유학에서 탈락할 사람이 있기 때문이다.

"여기 5개의 부케가 있습니다. 이것을 지금부터 신이치 님께서 한 사람씩 전해 드릴 겁니다."

5개의 꽃다발이 놓인 받침대 옆에는 내가. 맞은편에는 6명의 신부 후보가 나란히 서 있었다.

"그리고 끝까지 부케를 받지 못한 분은 유학에서 퇴장하시게 됩니다."

일부러 더 그러는 것이겠지만, 주조 씨의 냉혹할 정도의 무기질적인 규칙 설명에 저마다가 마른침을 삼켰다.

"……그럼, 신이치 님, 부탁드립니다."

그리고 여기서부터 나에게 인계되었다.

가장 잔인한 말을 전하는 것은 당연히 내 몫이었으니까.

나는 작게 헛기침을 했다.

"우선 오늘 이때까지 유학에 참여해 주셔서 감사합니다."

차려입은 그녀들을 다시 한번 바라보았다.

미간을 좁힌 진지한 얼굴. 불안한 모습으로 다물린 입술. 모든 것을 받아들인 듯 평온한 미소.

그 표정 하나하나에, 저마다가 오늘 이때까지 무엇을 걸고 있었는지 실감했다.

그렇기 때문에 나는 더더욱 전력을 다해야만 했다.

이 시기에 이르러 '선택한 사람도 선택받지 않은 사람도 모두 매력적이다'라든 식의 고리타분한 위로의 말은 도움이 되지 않았다.

"……좀 더 이야기하고 싶고, 함께 지내보고 싶다고 생각한 5명을 선택했습니다."

다만 내가 뽑은 것은 탈락할 1명이 아니라 앞으로 함께할 5명이라고, 그 말만은 강조했다.

"이제 그 사람들의 이름을 부르겠습니다."

딱 한 번 눈을 감았다.

그리고 입을 열었다.

"……히라카와 마논 씨."

"네……!"

눈을 동그랗게 뜬 마논이 내 앞으로 걸어왔다.

"이 꽃다발을 받아주시겠어요?"

"물론이에요, 오빠."

마논은 놀란 듯, 그러면서도 무표정 속에 아주 약간의 안도감을 띤 채 나에게만 들리는 목소리로 중얼거렸다.

"반칙과는 정말 무관했군요."

"물론이지."

"그렇군요⋯⋯. 기뻐요. 감사합니다."

마논은 깊이 고개를 숙인 뒤 제자리로 돌아갔다.

마논을 택한 이유가 반칙해서는 아니었지만, 마논을 처음 부른 것은 그것이 이유였다. 그 괴문서에 대해서는 고려하지 않고 5명을 뽑았다는 것을 모두에게 다시 한번 상기시키고 싶었다.

결과적으로는 마논의 작전승이라고 할 수 있을지도 모른다.

다시 한번 심호흡을 하고 숨을 가다듬었다.

부름을 받는 사람들은 더 긴장하고 있을 텐데, 내가 호흡을 무너뜨리면 보기 흉하겠지.

망설이는 건 위선일 뿐이니까.

좋아.

나는 그녀들의 이름을 정중하고 명확하게 불러갔다.

"시부야 유우 씨."

"고마워, 신."

유우치고는 적은 수의 말이 돌아왔다. 역시 그녀는 상식적인 배려심을 갖고 있다는 것을 새삼 실감했다.

"메구로 리아 씨."

"고마워, 신이치 군…… . 1억 명에게 선택받는 것보다 1명에게 선택받는 게 더 긴장될 수도 있구나."

천하의 리아도 초췌해진 모습으로 눈썹을 늘어뜨리며 미소 지었다.

"칸다 레오나 씨."

"……고마워, 히라카와."

"……작전 성공인가?"

내가 작은 소리로 물어보자 "들켰어? 상당한 연기파네"라며 어깨를 으쓱했다.

그녀가 1on1 데이트 신청을 하지 말아달라고 한 진짜 이유는 '히라카와의 후회를 덜어준다'는 그런 귀여운 것이 아니라, 아마도 한 번도 데이트하지 않은 초면인 상대를 떨어뜨리지 않을 것이라는 계산에서였을 것이다.

그녀의 바닥이 보이지 않는 성격을 좀 더 알고 싶다는 생각에서 부케를 주긴 했지만, 결과적으로는 데이트를 포기하겠다는 그녀의 작전에 넘어간 셈이 되었다.

"다음부터는 못 쓰겠네, 이 작전은."

"그렇겠지."

칸다는 우아하게 인사한 뒤 제자리로 돌아왔다.

……자, 지금부터가 그녀들──아니, 그녀에게 있어서 가장 괴로운 장면일 것이다.

드디어 마지막 한 다발만 남았다.

여기서 불리지 못한 사람은 이 유학에서 돌아가야 한다.

나는 마음을 굳게 먹고 시즌2로 가길 희망하는, 그 사람의 이름을 불렀다.

"……시나가와 사키호 씨."

"……네." "……!"

사키호의 대답과 동시에, 숨을 삼키며 오열을 억누르는 소리가 들려와 나는 아픈 가슴을 호흡으로 가다듬었다.

젠장, 그러니까 인간관계 같은 건 필요 이상으로 맺으면 안 돼.

"……이 꽃다발을 받아주시겠어요?"

"……네."

미워하던 상대의 탈락에도 불구하고 사키호는 숨을 몰

아쉬며 겨우 목소리를 냈다.

사키호가 제자리로 돌아가고 꽃다발을 들지 못한 채 남겨진 그녀.

주조 씨는 아마도 나를 위해, 나보다 더 냉담한 어조로 마지막 한마디를 더했다.

"이로써 오사키 스미레 님께서는 유학에서 이탈하시게 됩니다. ……마지막으로 신이치 님과 이야기를 나누시겠습니까?"

"……네."

오사키와 나는 수영장 옆으로 이동했다.

"왜, 안 됐을까?"

오사키는 분명 필사적으로 감정을 억누른 채,

"나는 분명 누구보다 너에게 힘이 되어줄 수 있었을 텐데. 널 위해 사는 것에, 널 지지하는 것에, 너와 함께 있는 것에 내 인생의 전부를 바칠 각오가 되어있는데."

아름다운 미소까지 드리운 채,

"그게…… 전달되지 않은…… 걸까?"

하지만 조금 물기 어린 목소리로 그런 질문을 나에게 해왔다.

"전달되었기 때문이야, 오사키."

"전달되었기, 때문에……?"

내 대답에 그녀가 얼굴을 일그러뜨렸다.

"날 삶의 이유로 삼지 말아줬으면 했어."

"어째서……?"

"나를 위해 살아가는 사람이 있다는 사실은 어떻게 해도 나의 굴레가 돼. 난 나를 위해 살아가는 사람을 잘라낼 수 있을 만큼 강하지 않아."

이를 악물었다.

"……강하지 않은 게 아니야. 히라카와는 상냥해."

"상냥함 같은 게 아니야. 자신에게 관대할 뿐이지."

소중한 사람에게 미움받을지도 모른다는 두려움은 위축을 낳고, 누군가에 대한 호의는 편애와 불공평을 낳는다.

그 모든 것이 인간관계가 사람의 올바른 판단을 무뎌지게 만드는 현상이다.

"그러니까 나는 오사키와는 함께 있을 수 없어."

"……그렇구나."

오사키는 후련한 얼굴로 웃었다.

"그럼 아직 보지 못한 정략 상대와 결혼하게 되겠네. 어떤 사람일까? 기름지고 배 나온 아저씨려나?"

"하여간 못됐어……."

그런 말에 내가 약하다는 거 알면서.

그러니 적어도 대책 정도는 마련해 주기로 했다.

"오사키, 가슴에 달고 있는 그거, 좀 빌려도 될까?"

"이젠 비밀로 할 의미도 없으니까."

오사키는 가슴팍에서 도청기를 꺼내 나에게 건네주었다.

"아…… 들리시나요, 오사키의 아버님?"

받은 도청기의 마이크를 향해 말을 걸었다.

"저는 히라카와 신이치라고 합니다. ……일본 제일의 회사의 경영자가 될 인간이죠."

이런. 큰소리치고 말았네. 점점 되돌릴 수 없는 곳을 향해 깊이 발을 집어넣어 간다. 발길을 돌릴 생각은 추호도 없지만.

"오사키…… 스미레 씨는 제…….

거기까지 말하고 조금 망설였다.

나는 나와 오사키 스미레의 관계성을 나타낼 만한 단어를 찾았다.

지인이라고 부르기에는 인연이 깊고, 친구라고 부를 수 있을 정도로 부드러운 관계는 아니다. 게다가 전 여친이라고 부를 만큼 달콤한 관계도 아니다.

그런 것보다도,

"……스미레 씨는 제 첫사랑입니다."

"히라카와 군……!"

"스미레 씨에게 상처를 주지 않는다면, 제가 사장이 되었을 때 업무 제휴를 할 의향이 있으니 아무쪼록 잘 부탁드립니다."

협박은 아니다. 어디까지나 긍정적인 제안이다.

아니, 너무 이기적인가? 뭐, 됐다. 어차피 이미 다 뱉어버린 말, 실행할 수밖에 없다.

그렇게 단언한 나는 도청기를 수영장에 던져버렸다……만약 방수라면 좀 우스워지겠지만.

"저기, 히라카와 군?"

눈앞의 오사키 스미레는 눈동자에 눈물을 머금은 채 웃었다.

"나랑 결혼하는 것보다 더 무거운 족쇄를, 지금 채워버린 거 아닐까?"

"그럴지도 모르지. 하지만 "

나는 쓴 벌레를 씹은 얼굴을 하면서도 솔직하게 생각한 것을 전했다.

"나 때문에 오사키가 원하지 않는 결혼을 한다면 밤에 편히 잘 수가 없잖아."

"어머, 정말 정직하네. 하지만 걱정할 필요는 없는데? 히라카와 군."

오사키 스미레──나의 첫사랑, 그리고 처음이자 마지막 연인은,

"난 이제부터 내가 생각하고 납득한 것 외엔 하지 않기로 결정했거든."

누군가의 흉내를 내며, 멋지게 웃어 보였다.

에필로그
다음 날 아침

밝지 않는 밤은 없고, 반드시 아침은 온다.

비록 그것이 아쉬운 밤일지라도, 비록 그것이 원하지 않는 아침일지라도.

롯폰기 스카이타워 최상층, 주거층 복도.

열려 있는 문을 발견하고 그 앞에 멈춰 선다.

그것은 밤사이에 텅 비어 버린 오사키 스미레의 방이었다.

"왜 그러시죠, 신이치 님?"

"……아뇨."

어느새 옆에 주조 씨가 서 있었다.

"……뭐랄까, 정말 제 결단이 그녀의 인생에 영향을 미쳤구나 싶어서."

"카에데 님──어머님이 생전에 말씀하셨던 대로군요."

주조 씨는 아마도 우리 어머니의 말투를 흉내 내면서,

"신이치는 언제나 타인에 관한 일만 신경 쓴단 말이야."

라고 말했다.

"어머니가 그런 말을……."

"하지만 신이치 님. 과연 신이치 님에게 선택받았다면 오사키 스미레 님은 행복했을까요?"

"네?"

갑작스러운 말에 나는 고개를 갸우뚱했다.

"어떻게 생각하시나요? 오사키 씨에게 있어서 '신이치 님이 있는 삶'과 '신이치 님이 없는 삶' 중 어느 쪽이 행복할까요?"

"짓궂은 질문이네요……."

하지만 그 대답은 자신도 웃어버릴 정도로 쉽게 나왔다.

"……제가 없는 삶이 아닐까요?"

"뭐, 그런 건 결국 알 수 없지만요. 오사키 씨가 들었다면 분명 화를 냈을 겁니다, 지금의 대답은."

"네에……?"

지금이라면 '그렇죠. 그러니 신이치 님의 결단은 틀리지 않았습니다'라는 말이 나올 타이밍 아닌가요……?

"제가 드리고 싶은 말씀은, 자신이 한 과거의 결단에 대해 다른 결단을 내렸을 때의 경우의 수를 상상하는 건 아무런 의미가 없다는 겁니다. 인간은 아무리 노력해도 과거로 돌아갈 수는 없으니까요."

평소와 다르게 말을 길게 한 주조 씨는 도도한 얼굴로 이야기를 이어갔다.

"중요한 것은 자신의 결단이 후회로 변하지 않도록, 지금과 미래를 좋은 방향으로 이끌어 나가는 겁니다. 마지막으로 웃기만 한다면, 그때까지의 모든 것들이 '좋은 선택'

이 될 테니까요. 그것은 신이치 님께도 해당되지만 당연히 오사키 님께도 해당하는 이야기입니다. 앞으로의 오사키 님의 인생은 오사키 님이 직접 개척해 나가야만 합니다. 아니면 신이치 님은 오사키 님이 신이치 님 없이는 미래를 개척할 능력도 없다고 생각하시나요?"

"또 함정 질문인가요……?"

"질문에 질문으로 답하시면 안 되죠. 사회인의 기본 매너입니다."

"하아……."

나는 다시 한번 그 이야기를 곱씹어보고 이번에야말로 자신 있게 대답했다.

"……오사키라면 자력으로 행복해질 수 있을 거예요."

나의 대답에, 이번에는 주조 씨도 미소를 돌려주었다.

"뭐, 그 대답에도 화를 내시겠지만 그런데도 그렇게 단언하는 것이 신이치 님께는 필요합니다."

알 듯 모를 듯 잡히지 않는 이야기였지만, 신기하게도 조금 납득이 가는 기분에 마음이 편해졌다.

"감사합니다, 주조 씨."

거기서 내 입꼬리가 씨익 올라갔다.

"주조 씨야말로 꽤 정이 많으시네요?"

나는 복수라도 하듯 그녀를 조금 놀려보았다.

"뭐, 전부 카에데 님의 말씀──이라고 할까요, 여기에 적혀 있는 것입니다만."

"네?"

하지만 주조 씨는 한층 더 놀라운 비장의 카드를 들고
있었다. 그녀가 낡아빠진 A4 용지를 내밀어왔다.

"이거, 진짜인가요……?"

"진짜입니다."

받은 그 종이에는 무려 '신이치가 첫 신부 후보를 탈락시
킨 후의 상정 문답'이라고 적혀 있었고, 그 아래엔 지금 주
고받은 대화 중 오사키의 이름 부분만이 '(떨어진 아이의
이름)'으로 빈칸 처리되어 있었다. 내 대사에 관해서는 모
든 말이 완벽히 똑같지는 않았지만, 거의 내가 지금 한 말
과 일치했다.

"엄청 위험한 사람이잖아요, 우리 엄마……."

"아드님이 보기에도 그렇게 생각하시나요?"

"네, 진심으로."

진짜로 위험한데. 예언자인가……?

"자, 신부 후보분들이 기다리고 계십니다. 가시죠."

"……네."

나는 일단 어머니에 대한 경외심을 주머니에 넣어두고,
옷깃을 정리한 뒤 주조 씨 앞을 걸어나갔다.

엘리베이터를 타고 옥상에 올라가자 5명이 반겨주었다.

"이해할 수 없어요. 왜 오빠랑 주조 씨가 같이 올라오는 거죠?"

히라카와 마논이 얼굴을 찌푸렸고,

"마논 말이 맞아, 신이치. 주조 씨와 단둘이 무슨 이야기를 했을까?"

시나가와 사키호가 뺨을 부풀렸고,

"어젯밤과 비교하면 표정이 많이 누그러진 것 같아, 히라카와. 조금은 기운이 났어?"

칸다 레오나가 내 얼굴을 들여다보며 초연한 미소를 지어 보였고,

"당연하지! 계속 얼빠진 상태면 곤란해! 신은 앞으로도 우리를 전력으로 선택해 나가야 하니까!"

시부야 유우가 내 등을 세게 때렸고,

"신이치 군, 허세부리는 거 아냐? 모두의 앞에서는 보여줄 수 없는 약한 모습, 리이에겐 보여줘도 되는데? 다른 사람은 할 수 없는 방식으로 위로해 줄게♡."

메구로 리아가 보란 듯이 내 두 손을 잡고 올려다보며 말했다.

"……아아, 이제 괜찮아."

『빨리 가고 싶으면 혼자 가라, 멀리 가고 싶으면 다 함께 가라.』

어느 쪽이든 멈춰 있을 틈은 없으니까.

그리고 감상적인 분위기와는 무관하게 맑고 화창한 옥상에서,

"여러분, 모여주셔서 감사합니다."

주조 씨는 늘 무표정하던 입꼬리를 약간 들어 올렸다.

"그럼 시즌2의 규칙 설명을 시작하겠습니다."

후기

좋아하는 히로인을 '내 신부'라고 부르는 분들이 계십니다.

최근에는 '최애'라는 말로 대체된 것 같기도 하지만, 일부일처제인 일본에서는 '신부'라는 표현이 '최애'보다 더 강한 결의나 각오를 느끼게 합니다.

다만 '신부'가 여러 명 있으신 분이나 매 시즌마다 바뀌는 분도 계신 게 역시 현실(사실적인 의미에서도, 3차원의 의미에서도)이라는 느낌은 드네요.

그렇지만 로맨틱 코미디 작품 속의 주인공은 그만큼 강한 각오를 가지고 여주인공들을 대하고 있을 것이고, 또 그래야 한다고 생각합니다. 그들의 현실은 틀림없이 그곳에 있을 테니까요.

그렇다면 실제로 그럴 수밖에 없는 상황에 부닥친 주인공과 메인 히로인들은 도대체 어떤 이야기를 만들어 갈까요?

인사가 늦었습니다! 처음 뵙는 분들은 처음 뵙겠습니다, 오랜만인 분들은 오랜만입니다, 이시다 토모하입니다. 새 시리즈다! 신난다!

장황한 서론을 적었지만, 특별한 의도는 없습니다. 본 작품은 그저 멋진 아이들의 이야기를 잔뜩 쓰고 싶다는 동기로 시작하게 되었습니다. 즐거우셨나요?

아래부터는 감사 인사입니다.

기획 단계부터 오랜 시간 동안 함께 지혜를 짜내주신 담당 편집자 S님. 포기하지 않고 조언을 주신 덕분에 처음의 저라면 쓸 수 없었던 것들을 발견할 수 있었습니다. 진심으로 감사드립니다.

훌륭한 캐릭터 디자인과 일러스트를 그려주신 히즈키 히구레 님. 함께 할 수 있어서 영광입니다. 앞으로도 기대하고 있겠습니다! 감사합니다!

선전 영상에서 목소리를 제공해 주신 미야시타 사키 님, 디자인을 해 주신 AFTERGLOW 님, 교정자님, 인쇄 회사 담당자님, 담당 영업님. 이외 제작에 관여해 주신 모든 분. 작품을 지지하고 응원해 주셔서 감사합니다.

그리고 지금 이 책을 읽어주시는 당신. 이 작품을 찾아내고 선택해 주셔서 정말 감사합니다. 히로인들 중 누군가가 여러분의 '신부'로 삼고 싶은 캐릭터로 성장해 나간다면 기쁘겠습니다.

그럼 다음에 또 어디선가 뵙도록 하겠습니다!

이시다 토모하

ZETTAI NI ORE O HITORIJIME SHITAI ROKUNIN NO MAIN HEROINE Vol.1
SATE, DAREKARA FUROKA?
©Tomoha Ishida, Hizuki Higure 2023
First published in Japan in 2023 by KADOKAWA CORPORATION, Tokyo.
Korean translation rights arranged with KADOKAWA CORPORATION, Tokyo.

어떻게든 나를 독차지하고 싶어 하는 6명의 메인 히로인 1

2024년 4월 15일 1판 1쇄 발행

저 자	이시다 토모하
일 러 스 트	히즈키 히구레
옮 긴 이	이소정
발 행 인	유재옥
이 사	조병권
출판본부장	박광운
편 집 1 팀	최서영
편 집 2 팀	정영길 박치우 정지원 조찬희
편 집 3 팀	오준영 권진영 이소의
디자인랩팀	김보라 박민솔
디지털사업팀	박상섭 김지연 윤희진
라이츠사업팀	김정미 맹미영 이윤서
영업마케팅팀	최원석 박수진 이다은
물 류 팀	허석용 백철기
경영지원팀	최정연
인쇄제작처	㈜코리아피엔피
발 행 처	㈜소미미디어
등 록	제2015-000008호
주 소	서울시 마포구 토정로222, 403호 (신수동, 한국출판콘텐츠센터)
판매 및 마케팅	(070) 8822-2301

ISBN 979-11-384-8270-7 04830
ISBN 979-11-384-8269-1 (세트)